U0653398

诗收获

2020年夏之卷

李少君
雷平阳
主 编

长江出版传媒
长江文艺出版社

诗收获

2020年 夏之卷

编委会

主　办：长江诗歌出版中心　中国诗歌网

编委会主任：吉狄马加

编委会（以姓氏笔画为序）：

吉狄马加　　朱燕玲　刘　川　刘　汀　刘洁岷

江　离　　　李　云　李少君　李寂荡　吴思敬

谷　禾　　　沉　河　张　尔　张执浩　林　莽

金石开　　　周庆荣　郑小琼　胡　弦　泉　子

娜仁琪琪格　高　兴　钱文亮　黄礼孩　黄　斌

龚学敏　　　梁　平　彭惊宇　敬文东　谢克强

雷平阳　　　臧　棣　潘红莉　潘洗尘　霍俊明

主　编：李少君　雷平阳

副主编：霍俊明　金石开　沉　河

编辑部主任：黄　斌

编　辑：一　行　王单单　王家铭　戴潍娜　谈　骁

编　务：胡　璇　王成晨

卷 首 语

    写这个卷首语时，"因为她毋庸置疑的诗意之声，以朴素之美让个体性的生存具有普世意义"——美国诗人路易丝·格丽克刚刚获得诺贝尔文学奖。按理我应该借机说上几句，可满脑子塞满了秋风里的竹叶，竟然找不到一片竹叶与路易丝·格丽克有关。寒露节，之后便是昼渐短，夜渐长，有什么话，留待以后漫漫的长夜中去说吧。

    现在就想说的是：几天前，阅读奥地利作家罗伯特·泽塔勒的长篇小说《大雪将至》，整个阅读过程，无端地被小说开头艾格尔背濒死的"羊角汉斯"下山时的一句话所困——"你不能死在我背上！"尽管后来汉斯消失在了雪山上。在汉斯"消失"与汉斯作为冰人重新出现之间，艾格尔度过了自己孤独、平凡却又冒险的一生，汉斯没有死在他背上，但有无数比死亡还要沉重的事情压在了他的背上。

    我每翻动书的一页，背上就多一个"羊角汉斯"，他们像我或我们一样多，甚至很多时候我也变成了汉斯，伏在我的背上，四周是群山与风雪，是冰人的命运。路易丝·格丽克在《野鸢尾》一诗中写道："当知觉／埋在黑暗的泥土里／幸存也令人恐怖。"汉斯深有体会，而艾格尔、我和我们必将用一生去证明这体会，而且整个过程中，时刻得嚷嚷着——你不能死在我背上！

雷平阳

2020 年 10 月 9 日，昆明

诗收获

2020年 夏之卷

目录

特辑

吉狄马加诗歌 // 吉狄马加 // 002
反对裂开——吉狄马加《裂开的星球》阅读札记 // 敬文东 // 027

季度诗人

柏桦诗选 // 柏桦 // 036
柏桦才是中国文学的未来？——谈柏桦诗歌中的平凡因素 // 李商雨 // 061
张执浩诗选 // 张执浩 // 068
从蘑菇和木耳的童话说起：张执浩诗歌的价值与技艺 // 王毅 // 087

组章

长夜将尽 // 庞培 // 096
幽暗 // 荣荣 // 105
时光传奇 // 阿翔 // 110
平原简史 // 柳宗宣 // 115
临时生 // 张敏华 // 122
岩石之眼 // 唐力 // 127
白云出城 // 陈小三 // 133
幽暗之杯 // 贾冬阳 // 138
狐狸的眼泪 // 瑠歌 // 144
无聊斋笔记 // 金铃子 // 149
鲸鱼 // 刘郎 // 154
斜坡与庄园 // 彭杰 // 161
辨灰 // 毛焰 // 167

诗集诗选

《楚歌》诗选 // 刘年 // 176
《桑多镇》诗选 // 扎西才让 // 182
《黑色赋》诗选 // 谢炯 // 188
《喜鹊与细柳》诗选 // 夏放 // 196

域外

卡洛斯·特鲁蒙多·安德拉德诗选//姚风 译// 204

杨小滨译诗小辑//杨小滨 译// 212

推荐

行顺诗歌推荐语//李壮// 232

我没法停住笔//行顺// 233

中国诗歌网作品精选

候车室//叶辉//240

存在//刘跃兵//240

巴河//小熊//241

登四明山//李浔//242

岁暮望远//舒丹丹//243

洱海游轮//李虹辉//244

我听见一只陶罐在碎裂中哭泣//古真//244

一条河搁置于窗外//达达//245

愿望//王琪//246

春夜。对话阿尔贝·加缪//齐伟//247

翻地的人//尖草//248

黄玻璃//沉末//248

一个人在泸州望长江//年微漾//249

船——给Julie//张何之//250

松皆雅//魏天无//250

平衡术//谢健健//251

评论与随笔

《黍离》——它的作者,这伟大的正典诗人//李敬泽// 254

从"天鹅"到"野鸭":当代诗中的鸟类母题//李海鹏 // 275

微器三叠——关于手与诗的札记//张光昕// 291

季度观察

新冠元年的诗与真——2020年春季诗歌观察//钱文亮// 298

宋威　《迷离错置的空间》　凸版　1.2m×1.3m　2019 年

吉狄马加诗歌

/ 吉狄马加

吉狄马加，是中国当代最具代表性的诗人之一，同时也是一位具有广泛影响的国际性诗人，其诗歌已被翻译成近四十种文字，在世界几十个国家出版了八十余种版本的翻译诗集。现任中国作家协会副主席、书记处书记。

主要作品：诗集《初恋的歌》《鹰翅与太阳》《身份》《火焰与词语》《我，雪豹……》《从雪豹到马雅可夫斯基》《献给妈妈的二十首十四行诗》《吉狄马加的诗》《大河》（多语种长诗）等。

曾获中国第三届新诗（诗集）奖、郭沫若文学奖荣誉奖、庄重文文学奖、肖洛霍夫文学纪念奖、柔刚诗歌荣誉奖、国际华人诗人笔会中国诗魂奖、南非姆基瓦人道主义奖、欧洲诗歌与艺术荷马奖、罗马尼亚《当代人》杂志卓越诗歌奖、布加勒斯特城市诗歌奖、波兰雅尼茨基文学奖、英国剑桥大学国王学院银柳叶诗歌终身成就奖、波兰塔德乌什·米钦斯基表现主义凤凰奖、齐格蒙特·克拉辛斯基奖章。创办青海湖国际诗歌节、青海国际诗人帐篷圆桌会议、凉山西昌邛海国际诗歌周以及成都国际诗歌周。

在尼基塔·斯特内斯库的墓地

如果再晚一分钟，
你居住的墓园就要关闭
夜色降临前的门。
用一种姿势睡在泥土里，
时间的板斧终于成了盾牌。
此刻，手臂是骨头的笛子，
词语将被另一个影子吹响。
凝视的眼睛，穿过黑暗的石头，
思想的目光爬满永恒的脊柱。
一个过客，吞食语言的钢轨，
吞食饥渴的星球，吞食虚无的圆柱。
当死亡成为你的线条的时候，
当生命变成四轮马车发黑的时候，
当发硬的颅骨高过星辰的时候：
唯有你真实的诗歌犹如一只大鸟，
静静地飘浮在罗马尼亚的天空。

2018.5.16

写给我在海尔库拉内 [1] 的雕像
——致诗人伊利耶·柯里斯德斯库 [2]

我的眼睛
在海尔库拉内。
我的眼睛，犹如
静止的大海，透明的球体，
山峦、河流、城市、圣殿……
我的眼睛，以万物的名义

[1]　海尔库拉内（Herculane）：位于罗马尼亚东部的城镇。

[2]　伊利耶·柯里斯德斯库：罗马尼亚当代诗人，罗马尼亚西方大学教授。

将黑暗和光明的幕布打开。
或许这就是核心和边缘的合一。
我的眼睛，如果含满了泪水，
只能是，也只可能是海尔库拉内
的悲伤，让我情不自禁地哭泣。
我的眼睛里露出了微笑，
那是因为唯一。唯一的海尔库拉内，
被众多语言的诗歌在宴席上颂扬。
我的耳朵
在海尔库拉内。
一只昆虫的独语，消失在
思想的白色的内部。
我的耳朵，知晓石头整体的黑洞，
能听见沙砾的呐喊，子宫的沉默。
更像坠落高处的星辰，置于头顶的铁具。
而只有我的嘴巴，在海尔库拉内，
等待着，等待着……有一天，
我进入它的体内，发出心脏的声音。

2018.5.9

马鞍的赞词

沉默的时候，时间的车轮，
并没有停止

一、等待

回忆昔日的黄金，
唯独只有骑手醒来：

风吹过眼球，

吹过头颅黑色的目光。
鼓动的披风，自由的
手势，与空气消融。

鹰隼的儿子，
另一半隐形的翅膀，
呈现于光的物体。

飞翔于内在的
悬疑，原始的秘密，
熄灭在鸟翅之上。

至尊的荣誉，
在生命之上，死亡的光环
涌动在群山的怀抱。
骑手，还在颂词中睡眠，
但黎明的吹奏
却已经在火焰的掩护下
开始了行进。

二、符号的隐喻

骑手没有名字，
他们的名字排列成阶梯。
鞍座只记忆胜利者，
唯有光明的背影，永远
朝前的姿势融化于黑暗。

眼底的空洞透明晶莹，
风的手指紧紧地拽着后背。
马脊骨是一条直线，
动与静在相对中死去，

旋转的群山坠落入蓝色，
苍穹和大地脱离了时间。

耳朵转向存在的空白，
在迅疾的瞬间，进入了灭亡。
针孔。黑洞。无限。盲点。
声音弥散在巨大的宇宙，
周而复始的替换，没有目的，
喉咙里巫语凝固后消失。

哦，骑手！不论你的血统怎样，
是紫色，是黑色，还是白色，
马背上的较量只属于勇士。
没有缝隙，拒绝任何羞耻的呼吸，
比生命更高贵的是不朽的荣誉。
你看，多快的速度穿过了肋骨，
只有它能在天平上分出高低。

三、马蹄铁的影子

永远不会衰竭……
每一次弯曲，都以绝对的
平衡告别空虚。
肢体的线条自由地起伏，
踏着大地盛开的花朵。
无数的幻影叠加飞行，
前倾的身体刺入了未来，
肩膀上只有摇曳的末端。

四肢的奔腾悬浮空中，
撒落的种子，
受孕于无形的胎心。

持续性的那一边，
没有燃烧的箭矢。
名字叫达里阿宗的坐骑，
被传颂在词语的虹膜，
不被意识的空格拉长，
但能目睹马蹄铁的坠落。
无须为不朽的勇士证明，
那些埋下了尸骸的故土，
只要低头凝视，就能找到
碎铁的一小片叶子。

四、三色的原始

黑色的重量透彻骨髓，
那是夜晚流动的秘密，
大地中心的颜色，
往返坐直的权杖。

在缄默的灵魂里，
没有，或者说，它的高贵
始终在黄金之上，
所有的天体守候身旁。

太阳的耳环，
光明涌入的思想，
哦，永恒的金属，
庞大溢满的杯子。

抓住万物的头发，
吹动裸露的胸膛，
唯恐逃离另一个穹顶，
词语的舌尖舔舐了铁。

血液暗红的色素，
来自祭祀的牛羊。
红色的生命之躯，
渴望着石头的水。

只有含盐的血
拌入矿物质的疯狂，
那只手，才能伸向
成熟乳房的果实。

朝我们展开了
生殖力最强的部分，
没有别的颜料，
只有红黄黑
在诞生前及死亡后
成了纯粹的记忆。

五、静默的道具

能听见无声的嘶鸣，
但看不到那匹马。
当火焰，穿过岩石和星座，
是谁在呼喊骑手的名字？
否则，抬起的前蹄
不会踏碎虚无的存在。

那只手抓住了缰绳，
在马背之上如弧形的弓，
等待奔向黑暗的瞬间。
是骨骼对风的渴望，
还是马鞍自由的意志，

让虚幻的骑手，在轻唤
月色中隐形的骏马？

三色原始的板块，
呈现出宁静的光芒，
原始的底色，潜藏着
断裂后的秘密。
哦，伟大的冲刺才属于你，
拒绝进入那永恒的睡眠。

总有一天，那个时刻，
要降临到词语的中心，
你会突然间醒来，
在垂直的天空下飞翔，
没有头部，没有眼睛，也没有
迎风飘扬的尾巴。
你的四蹄被分成影子，
虽然已经脱离了躯体，
但那马蹄铁哒哒的回声
却响彻回荡在天际。
是的，你已经将胜利的
消息，提前告诉了我们。

2018.5.24

裂开的星球
——献给全人类和所有的生命

是这个星球创造了我们
还是我们改变了这个星球？

哦，老虎！波浪起伏的铠甲

流淌着数字的光。唯一的意志。

就在此刻，它仍然在另一个维度的空间
以寂灭从容的步态踽踽独行。

那永不疲倦的行走，隐晦的火。
让旋转的能量成为齿轮，时间的
手柄，锤击着金黄皮毛的波浪。

老虎还在那里。从来没有离开我们。
在这星球的四个方位，脚趾踩踏着
即将消失的现在，眼球倒映创世的元素。
它并非只活在那部《查姆》[1]典籍中，
它的双眼一直在注视着善恶缠身的人类。

不是我们每一个人都有明确的罪行，当天空变低，鹰的飞翔再没有足够的高度。

天空一旦没有了标高，精神和价值注定就会从高处滑落。旁边是受伤的鹰翅。

当智者的语言被金钱和物质的双手弄脏，我在 20 年前就看见过一只鸟，从城
　市耸立的
黑色烟囱上坠地而亡，这是应该原谅那只鸟还是原谅我们呢？天空的沉默回
　答了一切。

任何预兆的传递据说都会用不同的方式，我们部族的毕摩[2]就曾经告诉过我。

这场战争终于还是爆发了，以肉眼看不见的方式。

哦！古老的冤家。是谁闯入了你的家园，用冒犯来比喻
似乎能减轻一点罪孽，但的确是人类惊醒了你数万年的睡眠。

[1]　《查姆》：彝族古典创世史诗之一。

[2]　毕摩：彝族原始宗教中的祭司、文字传承者。

从一个城市到另一个城市，从一个国家到另一个国家，
它跨过传统的边界，那里虽然有武装到牙齿的士兵，
它跨过有主权的领空，因为谁也无法阻挡自由的气流，
那些最先进的探测器也没有发现它诡异的行踪。

这是一场特殊的战争，是死亡的另一种隐喻。

它当然不需要护照，可以到任何一个想去的地方，
你看见那随季而飞的候鸟，崖壁上倒挂着的果蝠，
猩红色屁股追逐异性的猩猩，跨物种跳跃的虫族，
它们都会把生或死的骰子投向天堂和地狱的邮箱。

它到访过教堂、清真寺、道观、寺庙和世俗的学校，
还敲开了封闭的养老院以及戒备森严的监狱大门。
如果可能它将惊醒这个世界上所有的政府，死神的面具
将会把黑色的恐慌钉入空间。红色的矛将杀死黑色的盾。

当东方和西方再一次相遇在命运的出口
是走出绝境，还是自我毁灭？左手对右手的责怪，并不能
制造出一艘新的挪亚方舟，逃离这千年的困境。

孤独的星球还在旋转，但雪族十二子总会出现醒来的先知。
那是因为《勒俄》[1] 告诉过我，所有的动物和植物都是兄弟。

尽管荷马吟唱过的大海还在涌动着蓝色的液体，海豹的眼睛里落满了宇宙
　　的讯息。
这或许不是最后的审判，但碗状的苍穹还是在独角兽出现之前覆盖了人类的
　　头顶。

---

[1]　《勒俄》：彝族古典史诗，流传于大小凉山彝族聚居区。

这不是传统的战争，更不是一场核战争，因为核战争没有赢家。
居里夫人为一个政权仗义执言，直到今天也无法判断她的对错。
但她对核武器所下的结论，谢天谢地没有引来任何诽谤和争议。

这是曾经出现过的战争的重现，只是更加的危险可怕。
那是因为今天的地球村，人类手中握的是一把双刃剑。

多么古老而又近在咫尺的战争，没有人能置身于外。
它侵袭过强大的王朝，改写过古代雅典帝国的历史。
在中世纪，它轻松地消灭了欧洲三分之一还多的人口。
它还是殖民者的帮凶，杀死过千百万的印第安土著。

这是一次属于全人类的抗战。不分地域。
如果让我选择，我会选择保护每一个生命，
而不是用抽象的政治去诠释所谓自由的含义。
我想阿多诺[1]和诗人卡德纳尔[2]都会赞成，因为即便
最卑微的生命任何时候都高于空洞的说教。

如果公众的安全是由每一个人去构筑，
那我会选择对集体的服从而不是对抗。
从武汉到罗马，从巴黎到伦敦，从马德里到纽约，
都能从每一家阳台上看见熟悉但并不相识的目光。

我尊重个人的权利，是基于尊重全部的人权，
如果个人的权利，可以无端地伤害大众的利益，
那我会毫不留情地从人权的法典中拿走这些词，
但请相信，我会终其一生去捍卫真正的人权，
而个体的权利更是需要保护的最神圣的部分。

在此时，人类只有携手合作

[1] 阿多诺：西奥多·阿多诺（1903-1969），德国哲学家、社会学家。
[2] 卡德纳尔：埃内斯托·卡德纳尔（1925-2020），尼加拉瓜诗人、神父、革命者。

才能跨过这道最黑暗的峡谷。

哦，本雅明[1]的护照坏了，他呵着气在边境那头向我招手，
其实他不用通过托梦的方式告诉我，茨威格[2]为什么选择了自杀。

对人类的绝望从根本上讲是他相信邪恶已经占了上风而不可更改。

哦！幼发拉底河、恒河、密西西比河和黄河，
还有那些我没有一一报出名字的河流，
你们见证过人类漫长的生活与历史，能不能
告诉我，当你们咽下厄运的时候，又是如何
从嘴里吐出了生存的智慧和光滑古朴的石头？

当我看见但丁的意大利在地狱的门口掩面哭泣，
塞万提斯的子孙们在经历着又一次身心的伤痛。
人道的援助不管来自哪里，唉，都是一种美德。

打倒法西斯主义和种族主义在这个世纪的进攻。
陶里亚蒂[3]、帕索尼里[4]和葛兰西[5]在墓地挥舞红旗。

就在伊朗人民遭受着双重灾难的时候
那些施暴者，并没有真的想放过他们。
我怎么能在这样时候去阅读苏菲派神秘的诗歌，
我又怎么能不去为叙利亚战火中的孩子们悲戚。

---

[1] 本雅明：瓦尔特·本雅明（1892-1940），德国哲学家、马克思主义文学理论批评家。
1940年自杀。

[2] 茨威格：斯蒂芬·茨威格（1881-1942），奥地利小说家、剧作家。1942年2月自杀。

[3] 陶里亚蒂：帕尔米罗·陶里亚蒂（1893-1964），意大利共产党创始人之一、国际共
产主义者。

[4] 帕索尼里：皮埃尔·保罗·帕索尼里（1922-1975），意大利共产党诗人、电影导演。

[5] 葛兰西：安东尼奥·葛兰西（1891-1937），意大利共产党创始人、马克思主义理论家。

那些在镜头前为选举而表演的人
只有谎言才让他们真的相信自己。
不是不相信那些宣言具有真理的逻辑，
而是要看他们对弱势者犯下了多少罪行。

此时我看见落日的沙漠上有一只山羊，
不知道是犹太人还是阿拉伯人丢失的。

毕阿什拉则 [1] 的火塘，世界的中心！
让我再回到你记忆中遗失的故乡，以那些最古老的植物的名义。

在遥远的墨西哥干燥缺水的高地
胡安·鲁尔福 [2] 还在那里为自己守灵，
这个沉默寡言的村长，为了不说话
竟然让鹦鹉变成了能言善辩的骗子。

我精神上真正的兄弟，世界的塞萨尔·巴列霍 [3]，
你不是为一个人写诗，而是为一个种族在歌唱。
让一只公鸡在你语言的嗓子里吹响脊柱横笛，
让每一个时代的穷人都能在入睡前吃饱，而不是
在梦境中才能看见白色的牛奶和刚刚出炉的面包。
哦，同志！你羊驼一般质朴的温暖来自灵魂，
这里没有诀窍，你的词根是 206 块发白的骨头。

哦！文明与进步。发展或倒退。加法和减法。
——这是一个裂开的星球！

在这里货币和网络连接着所有的种族。巴西热带雨林
中最原始的部落也有人在手机上玩杀人游戏。

[1] 毕阿什拉则：彝族古代著名毕摩（祭司）、智者、文字传承者。

[2] 胡安·鲁尔福：（1917-1986），墨西哥小说家、人类学家。

[3] 塞萨尔·巴列霍：（1892-1938），秘鲁印第安裔诗人、马克思主义者。

贝都因人在城市里构建想象的沙漠，再看不见触手可摘的星星。
乘夜色吉卜赛人躺在欧洲黑暗的中心，他们是白天的隐身人。

在这里人类成了万物的主宰，对蚂蚁的王国也开始了占领。
几内亚狒狒在交配时朝屏息窥视的人类龇牙咧嘴。

在这里智能工程，能让未来返回过去，还能让现在成为将来。
冰雪的火焰能点燃冬季的星空已经不是一个让人惊讶的事情。

在这里全世界的土著妇女不约而同地戴着被改装过的帽子，穿行于互联网的
迷宫。但她们面对陌生人微笑的时候，都还保持着用头巾半掩住嘴的习惯。

在这里一部分英国人为了脱欧开了一个玩笑，而另一部分人为了这个
不是玩笑的玩笑却付出了代价。这就如同啤酒的泡沫变成了微笑的眼泪。

在这里为了保护南极的冰川不被更快地融化，海豚以集体自杀的方式表达
抗议，拒绝了人类对冰川的访问。凡是人迹罕至的地方，杀戮就还没有开始。

在这里当极地的雪线上移的时候，湖泊的水鸟就会把水位上涨的消息
告诉思维油腻的官员。而此刻，鹰隼的眼泪就是天空的蛋。

在这里粮食的重量迎风而生，饥饿得到了缓解，马尔萨斯[1]在今天或许会
修正他的人口学说，不是道德家的人，并不影响他作为一个思想者的存在。

在这里羚羊还会穿过日光流泻的荒原，风的一丝震动就会让它竖起双耳，
死亡的距离有时候比想象要快。野牛无法听见蚊蝇在皮毛上开展的讨论。

在这里纽约的路灯朝右转的时候，玻利维亚的牧羊人却在瞬间
选择了向左的小道，因为右边是千仞绝壁令人胆寒的万丈深渊。

---

[1] 马尔萨斯：托马斯·罗伯特·马尔萨斯（1766-1834），英国教士、人口学家、经济学家。

在这里俄罗斯人的白酒消费量依然是世界第一，但叶赛宁 [1] 诗歌中怀念
乡村的诗句，却会让另一个国度的人在酒后潜然泪下，哀声恸哭。

在这里阿桑奇 [2] 创建了"维基解密"。他在厄瓜多尔使馆的阳台上向世界挥手，
阿富汗贫民的死亡才在偶然间大白于天下。

在这里加泰罗尼亚人喜欢傍晚吃西班牙火腿，但他们并没有忘记
在吃火腿前去搞所谓的公投。安东尼奥·马查多 [3] 如果还活着，他会投给谁呢？

在这里他们要求爱尔兰共和军和巴斯克人放下手中武器，
却在另外的地方发表支持分裂主义的决议和声明。

在这里大部分美国人都以为他们的财富被装进了中国人的兜里。
摩西从山上带回的清规戒律，在基因分裂链的寓言中系统崩溃。

在这里格瓦拉和甘地被分别请进了各自的殿堂。
全球化这个词在安特卫普埃尔岑瓦德酒店的双人床上被千人重复。

在这里国际货币基金组织和世界银行的脚迹已经走到了基督不到的地方。
但那些背负着十字架行走在世界边缘的穷人，却始终坚信耶稣就是他们的邻居。

在这里社会主义关于劳工福利的部分思想被敌对阵营偷走。
财富穿越了所有的边界，可是苦难却降临在个体的头上。

在这里他们对外颠覆别人的国家，对内让移民充满恐惧。
这牢笼是如此的美妙，里佐斯 [4] 埋在监狱窗下的诗歌已经长成了树。

---

[1]　叶赛宁：（1895-1925），俄罗斯抒情诗人。1925 年 12 月自杀。

[2]　阿桑奇：朱利安·阿桑奇（1971-)，"维基解密"创始人。

[3]　安东尼奥·马查多：（1875-1939），西班牙现代著名诗人、"九八年一代"主将。

[4]　里佐斯：扬尼斯·里佐斯（1909-1990），现代希腊共产党诗人、左翼活动家。

在这里电视让人目瞪口呆地直播了双子大楼被撞击坍塌的一幕。
诗歌在哥伦比亚成了政治对话的一种最为人道的方式。

在这里每天都有边缘的语言和生物被操控的力量悄然移除。
但从个人隐私而言，现在全球 97.7% 的人都是被监视的裸体。

在这里马克思的思想还在变成具体的行动，但华尔街却更愿意与学术精英们
　合谋，
把这个犹太人仅仅说成是某一个学术领域的领袖。

在这里有人想继续打开门，有人却想把已经打开的门关上。
一旦脚下唯一的土地离开了我们，距离就失去了意义。

在这里开门的人并不完全知道应该放什么进来，又应该把什么挡在门外。
一部分人在虚拟的空间中被剥夺了延伸疆界和赋予同一性的能力。

在这里主张关门的人并不担心自己的家有一天会成为牢笼。
但精神上的背井离乡者注定是被自由永久放逐的对象。

在这里骨骼已经成为一个整体，切割一只手还可以承受，
但要拦腰斩断就很难存活。上海的耳朵听见佛罗里达的脚趾在呻吟。

在这里南太平洋圣卢西亚的酒吧仍然在吹奏着萨克斯，打开的每一瓶可乐都能
　听见纽约股市所发出的惊喜或叹息。
网络的绑架和暴力是这个时代的第五纵队。哈贝马斯[1]偶然看到了真相。

在这里有人纵火焚烧 5G 的信号塔，无疑是中世纪愚昧的返祖现象。
澳大利亚的知更鸟虽然最晚才叫，但它的叫声充满了投机者的可疑。

在这里再没有宗教法庭处死伽利略，但有人还在以原教旨的命令杀死异教徒。

---

[1]　哈贝马斯：尤尔根·哈贝马斯（1929—　），德国哲学家、当代西方马克思主义主要
代表人物之一。

不是所谓的民主政治都宽容弱者，杰弗逊[1]就认为灭绝印第安人是文明的一
　　大进步。

在这里穷人和富人的比例并没有根本的改变，但阶级的界限却被新自由主义
　　抹杀。
当他们需要的时候，一个跨国的政府将会把对穷人的剥夺塑造成慈善行为。

在这里不是所有的国家都能生产一颗扣子，那是为了扣子能游到凡是有海水
　　的地方。
所有争夺天下的变革者最初都是平等的，难怪临死的托洛茨基相信继续革命
　　的理论。

在这里推倒了柏林墙，但为了隔离又构筑了更多的墙。墙更厚更高。
全景监狱让不透明的空间再次落入奥威尔[2]《1984》无法逃避的圈套。

在这里所谓有关自由和生活方式的争论肯定不是种族的差异。
因疫情带来的隔离、封城和紧急状态并非是为了暧昧的大多数。

哦！裂开的星球，你是不是看见了那黄金一般的老虎在转动你的身体，
看见了它们隐没于苍穹的黎明和黄昏，每一次呼吸都吹拂着时间之上那液态
　　的光。
这是救赎自己的时候了，不能再有差错，因为失误将意味着最后的毁灭。

当灾难的信号从地球的四面八方发出
那艘神话中的方舟并没有真的出现
没有海啸覆盖一座又一座城市的情景
没有听见那来自天宇的恐怖声音
没有目睹核原子升起的蘑菇云的梦魇
没有一部分国家向另一部分国家正式宣战
它虽然不是 20 世纪两次世界大战的延续

[1]　杰弗逊：托马斯·杰弗逊（1743-1826），美国第三任总统、美国独立宣言主要起草人。
[2]　奥威尔：乔治·奥威尔（1903-1950），英国小说家、社会评论家，代表作为小说《1984》。

但它造成的损失和巨大的灾难或许更大
这是一场古老漫长的战争，说它漫长
那是因为你的对手已经埋伏了千万年
在灾难的历史上你们曾经无数次地相遇
戈雅就用画笔记录过比死亡本身更
触目惊心的、由死亡所透漫出来的气息
可以肯定这又是人类越入了险恶的区域
把一场本可以避免的灾难带到了全世界
此刻一场近距离的搏杀正在悲壮地展开
不分国度，不分种族，无论是贫穷还是富有
死神刚与我们擦肩而过，死神或许正把
一个强健的男人打倒，也可能就在这个瞬间
又摁倒了一个虚弱的妇女，被诅咒的死神
已经用看不见的暴力杀死了成千上万的人
其中有白人，有黑人，有黄种人，有孩子也有老人
如果要发出一份战争宣战书，哦！正在战斗的人们
我们将签写上这个共同的名字——全人类！

哦！当我们以从未有过的速度
踏入别的生物繁衍生息的禁地
在巴西砍伐亚马孙河两岸的原始森林
让大火的浓烟染黑了地球绿色的肺叶
人类为了所谓生存的每一次进军
都给自己的明天埋下了致命的隐患
在非洲对野生动物的疯狂猎杀
已让濒临灭绝的种类不断增加
当狮群的领地被压缩在一个可怜的区域
作为食物链最顶端的动物已经危机四伏
黄昏时它在原野上一声声地怒吼
表达了对无端入侵者的悲愤和抗议
在地球第三极的可可西里无人区
雪豹自由守望的家园也越来越小

那些曾经从不伤害人类的肉食者

因为食物的短缺开始进入了村庄

在东南亚原住民被城市化赶到了更远的地方

有一天他们的鸡大量神秘地腹泻而死

一个叫卡坦[1]的孩子的死亡吹响了不祥的叶笛

从刚果到马来西亚森林对野生动物的猎杀

无论离得多远,都能听见敲碎颅脑的声响

正是这种狩猎和屠宰的所谓终极亲密行为

并非上苍的旨意把这些微生物连接了起来

其实每一次灾难都告诉过我们

任何物种的存在都应充满敬畏

对最弱小的生物的侵扰和破坏

都会付出难以想象的沉重代价。

人类!你的创世之神给我们带来过奇迹

盘古开天辟地从泥土里走出了动物和人

在恒河的岸边是法力无边的大梵天[2]

创造了比天空中繁星还要多的万物

在安第斯山上印第安创世主帕查卡马克[3]

带来了第一批人类和无数的飞禽走兽

在众神居住的圣殿英雄辈出的希腊

普罗米修斯赋予人和所见之物以生命

他还将自己鲜红的心脏作为牺牲的祭品

最终把火、智慧、知识和技艺带到了人间

还有神鹰的儿子我们彝人的支呷阿鲁[4]

他让祖先的影子恒久地浮现在群山之上

人类!从那以后你的文明史或许被中断过

---

[1] 卡坦:卡坦·布马鲁,生于泰国西部,2004 年 1 月 5 日 6 岁时死于 H5N1 禽流感,是首批死于这种新型人类病毒的患者之一。

[2] 大梵天:印度教的创造之神,梵文字母的造字者。

[3] 帕查卡马克:南美古印加人创世之神,被称作"制作大地者"。

[4] 支呷阿鲁:彝族神话史诗中的创世英雄。

但这种中断在时间长河里就是一个瞬间
从青铜时代穿越到蒸汽机在大地上的滚动
从镭的发现到核能为造福人类被广泛利用
从莱特兄弟[1]为自己插上翅膀，再到航天
飞机把人的梦想一次次送到遥远的空间站
计算机和生物工程跨越了世纪的门槛
我们欢呼看见了并非想象的宇宙的黑洞
互联网让我们开始重新认识这个世界
时间与阶级、移动与自由、自我与僭越、速度与分化
恐慌症与单一性、民族国家与全球图景、剥夺与主权
整合与瓜分、面包与圆珠笔、流浪者与乌托邦
预测悖论与风险计算、消除差异与命运的人质
正是因为这一切，我们才望着落日赞叹
只有渴望那旅途的精彩与随之可能置身的危险
才会有足够的理由相信明天的日出更加灿烂
但是人类，你绝不是真正的超人，虽然你已经
足够强大，只要你无法改变你是这个星球的存在
你就会面临所有生物面临灾难的选择
这是创造之神规定的宿命，谁也无法轻易地更改
那只看不见的手，让生物构成了一个晶体的圆圈
任何贪婪的破坏者，都会陷入恐惧和灭顶之灾
所有的生命都可能携带置自己于死亡的杀手
而人类并不是纯粹的金属，也有最脆弱的地方
我们是强大的，强大到成了这个世界的主宰
我们是虚弱的，肉眼无法看见的微生物
也许就会让我们败于一场输不起的隐形的战争
从生物种群的意义而言，人类永远只是其中的一种
我们没有权利无休止地剥夺这个地球，除了基本的
生存需要，任何对别的生命的残杀都可视为犯罪
善待自然吧，善待与我们不同的生命，请记住！

021 ·

---

[1] 莱特兄弟：指美国飞机发明家威尔伯·莱特和奥维尔·莱特两兄弟，1903 年 12 月
17 日他们完成了人类历史上第一架飞机的成功试飞。

善待它们就是善待我们自己，要么万劫不复。

哦，人类！这是消毒水流动国界的时候
这是旁观邻居下一刻就该轮到自己的时候
这是融化的时间与渴望的箭矢赛跑的时候
这是嘲笑别人而又无法独善其身的时候
这是狂热的冰雕刻那熊熊大火的时候
这是地球与人都同时戴上口罩的时候
这是天空的鹰与荒野的赤狐搏斗的时候
这是所有的大街和广场都默默无语的时候
这是孩子只能在窗户前想象大海的时候
这是白衣天使与死神都临近深渊的时候
这是孤单的老人将绝望一口吞食的时候
这是一个待在家里比外面更安全的时候
这是流浪者喉咙里伸出手最饥饿的时候
这是人道主义主张高于意识形态的时候
这是城市的部落被迫返回乡土的时候
这是大地、海洋和天空致敬生命的时候
这是被切开的血管里飞出鸽子的时候
这是意大利的泪水模糊中国眼睛的时候
这是伦敦的呻吟让西班牙吉他呜咽的时候
这是纽约的护士与上帝一起哭泣的时候
这是谎言和真相一同出没于网络的时候
这是甘地的人民让远方的麋鹿不安的时候
这是人性的光辉和黑暗狭路相逢的时候
这是相信对方或质疑对手最艰难的时候
这是语言给人以希望又挑起仇恨的时候
这是一部分人迷茫另一半也忧虑的时候
这是蓝鲸的呼吸吹动着和平的时候
这是星星代表亲人送别亡人的时候
这是一千个祭司诅咒一个影子的时候
这是陌生人的面部开始清晰的时候

这是同床异梦者梦见彼此的时候
这是貌合神离者开始冷战的时候
这是旧的即将解体新的还没有到来的时候
这是神枝昭示着不祥还是化险为夷的时候
这是黑色的石头隐匿白色意义的时候
这是诸神的羊群在等待摩西渡过红海的时候
这是牛角号被勇士吹得撕心裂肺的时候
这是鹰爪杯又一次被预言的诗人握住的时候
这是巴别塔废墟上人与万物力争和谈的时候
就是在这样一个时候，就是在这样的时候
哦，人类！只有一次机会，抓住马蹄铁。

是这个星球创造了我们
还是我们改变了这个星球？

当裂开的星球在意志的额头旋转轮子
所有的生命都在亘古不变的太阳下奔跑
创世之神的面具闪烁在无限的苍穹
那无处不在的光从天宇的子宫里往返
黑暗的清气如同液态孕育的另一个空间
那是我们的星球，唯一的蓝色
悬浮于想象之外的处女的橄榄
那是我们的星球，一滴不落的水
不可被随意命名的形而上的宝石
是一团创造者幻化的生死不灭的火焰
我们不用通灵，就是直到今天也能
从大地、海洋、森林和河流中找到
它的眼睛、骨头、皮毛和血脉的基因
那是我们的星球，是它孕育了所有的生命
无论是战争、瘟疫、灾难还是权力的更替
都没有停止过对生命的孕育和恩赐
当我们抚摸它的身体，纵然美丽依旧

但它的身上却能看到令人悲痛的伤痕
这是我们的星球，无论你是谁，属于哪个种族
也不论今天你生活在它身体的哪个部位
我们都应该为了它的活力和美丽聚集在一起
拯救这个星球与拯救生命从来就无法分开
哦，女神普嫫列依 [1]！请把你缝制头盖的针借给我
还有你手中那团白色的羊毛线，因为我要缝合
我们已经裂开的星球。

裂开的星球！让我们从肋骨下面给你星期一
让他们减少碳排放，用巴黎气候大会的绿叶
遮住那个投反对票的鼻孔，让他的脸变成斗篷
让我们给饥饿者粮食，而不是只给他们数字
如果可能，在他们醒来时盗走政客的名字
不能给撒谎者昨天的时间，因为后天听众最多
我们弥合分歧，但不是把风马牛都整齐划一
当44隐于亮光之中，徒劳无功的板凳会哭闹
那是陆地上的水手，亚当·密茨凯维奇 [2] 的密钥
愿睡着的人丢失了一份工作，醒后有三份在等他
那些在街上的人知道，谁点燃了左边的房
右边的院子也不能幸免，绝望让路灯长出了驴唇
让昨天的动物猎手，成为今天的素食主义者
每一个童年的许诺，都能在母亲还在世时送到
让耶路撒冷的石头恢复未来的记忆，让同时
埋葬过犹太人和阿拉伯人先知的沙漠开花
愿终结就是开始，愿空档的大海涌动孕期的色韵
让木碗找到干裂的嘴唇，让信仰选择自己的衣服
让听不懂的语言在联合国致辞，让听众欢呼成骆驼
让平等的手帕挂满这个世界的窗户，让稳定与逻辑反目
让一个人成为他们的自我，让自我的他们更喜欢一个人

[1] 普嫫列依：彝族创世神话中的女神之一，是创世英雄支呷阿鲁贞洁受孕的母亲。

[2] 亚当·密茨凯维奇：（1798-1855），波兰诗人、革命家、波兰文学最重要的奠基人。

让趋同让位于个性，让普遍成为平等，石缝填满的是诗
让岩石上的手摁住滑动的鱼，让庄家吐出多边形的规则
让红色覆盖蓝色，让蓝色的嘴巴在红色的脸上唱歌
让即将消亡的变成理性，让尚未出生的与今天和解
让所有的生命因为快乐都能跳到半空，下面是柔软的海绵。
这个星球是我们的星球，尽管它沉重犹如西西弗斯的石头
假如我们能避开引力站在苍穹之上，它更像儿童手里的气球
不是我们作为现象存在，就证明所有的人都学会了思考
这个时代给我们的疑问，过去的典籍没有，只能自己回答
给我们的时间已经不多，那是因为鼠目寸光者还在争吵
这不是一个糟糕的时代，因为此前的时代也并非就最好
因为我们无法想象过去最遥远的地方今天却成了故乡
这是货币的力量，这是市场的力量，这是另一种力量的力量
没有上和下，只有前和后，唯有现实本身能回答它的结果
这是巨大的转折，它比一个世纪要长，只能用千年来算
我们不可能再回到过去，因为过去的老屋已经面目全非
不能选择封闭，任何材料成为高墙，就只有隔离的含义
不能选择对抗，一旦偏见变成仇恨，就有可能你死我亡
不用去问那些古老的河流，它们的源头充满了史前的寂静
或许这就是最初的启示，和而不同的文明都是它的孩子
放弃 3 的分歧，尽可能在 7 中找到共识，不是以邻为壑
在方的内部，也许就存在着圆的可能，而不是先入为主
让诸位摒弃森林法则，这样应该更好，而不是自己为大
让大家争取日照的时间更长，而不是将黑暗奉送给对方
这一切！不是一个简单的方法，而是要让参与者知道
这个星球的未来不仅属于你和我，还属于所有的生命
我不知道明天会发生什么，据说诗人有预言的秉性
但我不会去预言，因为浩瀚的大海没有给天空留下痕迹
曾被我千百次赞颂过的光，此刻也正迈着凯旋的步伐
我不知道明天会发生什么，但我知道这个世界将被改变
是的！无论会发生什么，我都会执着而坚定地相信——
太阳还会在明天升起，黎明的曙光依然如同爱人的眼睛

温暖的风还会吹过大地的腹部，母亲和孩子还在那里嬉戏
大海的蓝色还会随梦一起升起，在子夜成为星辰的爱巢
劳动和创造还是人类获得幸福的主要方式，多数人都会同意
人类还会活着，善和恶都将随行，人与自身的斗争不会停止
时间的入口没有明显的提示，人类你要大胆而又加倍小心。

是这个星球创造了我们
还是我们改变这个星球？

哦，老虎！波浪起伏的铠甲
流淌着数字的光。唯一的意志。

2020.4.5—4.16

反对裂开

——吉狄马加《裂开的星球》阅读札记

/ 敬文东

　　新型冠状病毒肆虐全球，与之相应而起的，则是有关抗击疫情的新诗作品。这批作品数量庞大，密布于微信朋友圈、微博，然后，再出没于各种报纸杂志。它们带着作诗者的忧愁、焦虑、恐惧、迷茫，甚或绝望。诗者，"言志"也，"缘情"也，这本是中国诗学的老传统；"饥者歌其食，劳者歌其事"，既可以被称之为作诗者的本来之"志"，也算得上作诗者的"情"之附丽。新诗当然也可以"歌其食""歌其事"；但让新诗及其现代性成立的条件，却远不止于此。

　　这首先是因为承载言志抒情的古诗的媒介，早已大相径庭于承接现代经验的新诗的载体。前者被习惯性地称作古代汉语，后者则被目之为现代汉语。相比较而言，古代汉语具有成色较浓的封闭性（而非心胸狭窄的排他性），它和天圆地方的"天下"概念正相般配；唯有佛教东传，才配称历史上对这种语言进行的最大规模的冲撞和考验，但最终以古代汉语的大获全胜而收束：它在轻描淡写之下，将对方纳于自身，进而丰富了自身在表达上开疆拓土的能力。现代汉语可谓之为古代汉语的浴火重生。经过科学化和技术化的洗礼，现代汉语具有极强的分析性能；相对于倡导天人合一的古代汉语，现代汉语对外部世界具有更为强劲的欲望。在帝国主义的船坚炮利之下，古代汉语再也没有从前那么幸运；一败涂地取代了曾经的大获全胜。被古代汉语悉心滋养的中国人，被迫睁开眼睛看世界；关起门来直抒胸臆，已经不足以表达复杂多变的现代经验。因此，不乏封闭特性的古代汉语，必须全方位向世界打开自身。否则，鲁迅担忧的"中国人要从'世界人'

中挤出"，就并非没有可能；毛泽东忧虑的中国被开除球籍，也并非没有可能。就这样，"世界"不讲道理地取代了"天下"。所以，现代汉语打一开始，就必须放眼世界，但尤其是放眼"世界"这个概念带来的现代经验，而不单是情感；要知道，佩索阿早就告诫过："一个新神只是一个新的语词。"单靠直抒胸臆那般去"歌其食""歌其事"，尚不足以支撑起新诗，那必须传达现代经验的文学体式。由此出发，或许能更好地理解吉狄马加为什么要在其长诗《裂开的星球》中如是发言：

> 哦！幼发拉底河、恒河、密西西比河和黄河，
> 还有那些我没有一一报出名字的河流，
> 你们见证过人类漫长的生活与历史，能不能
> 告诉我，当你们咽下厄运的时候，又是如何
> 从嘴里吐出了生存的智慧和光滑古朴的石头。

　　这些古老的河流，既是文明的发祥地，也是人类兴衰史和荣辱史的见证者；它们缄默无言，但在重经验、重分析的现代汉语的"只眼"中（而非重情志、重综合的古代汉语的念想中），却"足智"而绝不愿意"多谋"。密西西比河自不必多说，因为它原本就是现代性和全球化的主要推动者；幼发拉底河与恒河，见证了寄存其身的国度如何从前现代嬗变为现代，怎样被裹挟进全球化；黄河则无疑目睹了古代汉语脱胎换骨为现代汉语的全过程，目睹了后者如何将中国融入人类命运共同体、世界大家庭，这个曾经不怀好意取代了"天下"的异质者。是现代汉语塑造了《裂开的星球》；因此，那个感叹之"哦"牵引出来的诗句，就不能被简单地认作宛若古诗那般，仅仅是在"饥者歌其食，劳者歌其事"。仔细辨识，便不难发现："哦"引发出来的，乃是唯有从当下回望古代，才可能从古代找到对当下富有启示作用的宝贵经验，有关人类生死存亡的经验。虽然从表面上，好像是在直抒胸臆。这经验，亦即"生存的智慧"，还有"光滑古朴的石头"，不是那些不朽的河流随身自带的，而是放眼看世界的现代汉语发明出来的；不同腰身的语言发明不同腰身的世界，攫取不同性状的经验。因此，这经验只能是现代经验；"生存的智慧和光滑古朴的石头"带有现代汉语给予它的特殊情感、特殊的抒情方式，却不能被单纯和清澈的"情志"二字所完全概括。

在老谋深算的麦克卢汉（Marshall McLuhan）看来，地球村或全球化意味着："多元化时间接替了大一统时间。今天，在纽约美餐、到巴黎才感到消化不良的事情太容易发生了。旅行者还有这样日常的经历：一个小时前，他还停滞于公元前 3000 年的文化中，一个小时后，他却进入了纪元 1900 年的文化了。"麦氏功夫了得，言下当然无虚。事实上，新型冠状病毒正是以他预言的方式，以他总结出来的旅行线路，在全球快速传播；在传播过程中，还不断如曾子"吾一日三省吾身"那般自我更新换代，类似于在纽约美餐在巴黎消化不良，也有类于公元前 3000 年的文化一下子被提升为纪元 1900 年的文化。全球化不一定意味着有福同享，但肯定意味着有难同当，至少倾向于有难同当。这最终必将导致《裂开的星球》中那个不祥的断言："这是一个裂开的星球！"吉狄马加因之而有言——

> 它（即病毒－引者按）当然不需要护照，可以到任何一个想去的地方，
> 你看见那随季而飞的候鸟，崖壁上倒挂着的果蝠，
> 猩红色屁股追逐异性的猩猩，跨物种跳跃的虫族，
> 它们都会把生或死的骰子投向天堂和地狱的邮箱。

> 它到访过教堂、清真寺、道观、寺庙和世俗的学校，
> 还敲开了封闭的养老院以及戒备森严的监狱的大门。
> 如果可能它将惊醒这个世界上所有的政府，死神的面具
> 将会把黑色的恐慌钉入空间。红色的矛将杀死黑色的盾。

现代汉语是新诗的唯一媒介。因此，新诗的任务，乃是分析性地处理现代经验；分析性的首要素质，是冷静、冷静和冷静。《裂开的星球》将新型冠状病毒肆虐全球的可怕情形，给如此这般不动声色地描摹了出来（"它当然不需要护照""它到访过教堂、清真寺、道观、寺庙和世俗的学校"）。而唯其冷静，才更能体现现代汉语与生俱来的意志，继而为新诗带去坚定的心性、强劲的力量；同时，将病毒的可怖及其危害程度给尽可能客观地呈现出来（"它们都会把生或死的骰子投向天堂和地狱的邮箱""死神的面具 / 将会把黑色的恐慌钉入空间。红色的矛将杀死黑色的盾"）。这可不是面容清澈的"歌其食"所能为；其体量，也远在"歌其事"的营业范围之外。分析性除了对冷静、客观有极强的要求外，还对细节有

特殊的嗜好。理由十分简单：既然是分析，就得首先针对局部说话，不能一开始就将目光贸然投向整体——整体才是唬人的；而局部之和，往往会大于整体，恰如欧阳江河在某首诗中之所说："局部是最多的，比全体还多出一个。"建筑大师路德维希·德罗（Ludwig Mies vander Rohe）则有言："魔鬼在细节中"（Devils are in the details）。对于现代汉语的分析性而言，它的力量以及它给新诗带来的力量，也在细节上。古诗的力量基本上不源于细节，更主要地出自比兴和意象；在长诗《裂开的星球》中，细节可谓比比皆是：

> 当智者的语言被金钱和物质的双手弄脏，我在 20 年前就看见过一只鸟，从城
> 　　市耸立的
> 黑色烟囱上坠地而亡，这是应该原谅那只鸟还是原谅我们呢？天空的沉默回
> 　　答了一切。
> ……
> 此时我看见落日的沙漠上有一只山羊，
> 不知道是犹太人还是阿拉伯人丢失的。

冷静和细节能够保证新诗在面对错综复杂的现代经验时，展示它理应展示的强劲力量；更重要的是，有它们担保、坐镇和助拳，《裂开的星球》不仅获取了有别于古诗那样的成诗方式、路径和纹理，也小心翼翼地避免了对疫情的消费。这是因为冷静和细节不仅带来了认知上的客观化（"我在 20 年前就看见过一只鸟，在城市耸立的 / 黑色烟囱上坠地而亡"），还导致了态度上的克制性，不夸张，不滥情，更不搞骇人听闻那一套（"此时我看见落日的沙漠上有一只山羊，/ 不知道是犹太人还是阿拉伯人丢失的。"）。众所周知，全球化的后果之一，就是消费型社会的出现，以及它的洋洋自得。在人类的地球村（global village）时代，一切物、事、情、人，莫不成为可以用于消费的对象。无须波德里亚（Jean Baudrillard）提醒，器官完整、功能正常的人都知道，"性本身也是给人消费的"。管仲治齐，曾置"女闾七百"，征夜合之资以充国用，国人对此早已耳熟能详；梭伦（Solon）为筹措军费，竟然建立国家妓院，营业处设在爱神庙中，也是人所共知。甚至连人与人之间的关系，也是可以消费的什物，恰如钟鸣在一首名为《关系》的诗作中说过的那样："但蚂蚱性急，时辰不多，更愿直接地'消费关系'。"臧棣则乐于这

样写道"对美貌必须实行高消费／这已经没有秘密可言：像今年的通胀指数"（臧棣：《神话》）。出于完全相同的道理和逻辑，包括海啸、地震、新型冠状病毒在内的一切灾难，都可以被新诗征用为消费的对象。忽视灾难的细节，聚焦于疫情的唬人的整体，不过是大而化之地为写诗而写诗，它空洞、抽象，看似宏大，实则干瘪、无物；弃冷静而代之以多情、滥情直至煽情，不过是借灾难以成就一首首表面多泪实则寡情无义的诗篇而已。

在《裂开的星球》中，有这样一行不幸一语成谶的诗句：在"今天的地球村，人类手中握的是一把双刃剑"。重客观和细节的现代汉语成功地将中国带入了全球化，入住了地球村，但也逃无可逃地成了一把"双刃剑"；别的暂且毋论，仅就它在新诗写作中的表现，就足以说明这个严重的问题。重视细节能让新诗显得感情克制，避免了消极浪漫主义的滥情、少年式的小伤感，以及对诗意和远方的肆意索取。但过于重视细节，以至于陷入对细节和场景的罗列，甚至沦陷于无休止的铺陈，则让新诗啰嗦、絮叨、口水连篇，像极了长舌妇。这样的例子，实在是屡见不鲜（此处恕不点名）。冷静能让新诗仔细、准确地捕捉细节，将细节纳入语言的平常心，并用日常口吻说出细节及其隐藏起来的含义，避免了肉麻和情感乖张。但冷静过度，则容易让本该主脑的新诗（古诗则主心）陷入唯脑的境地，最终走向抽象和无情（而非寡情）。这样的案例，更可谓比比皆是（此处恕不举例）。《裂开的星球》在避开消费疫情的险滩后，也避开了长舌妇的身份、抽象无情的境地：

> 当我看见但丁的意大利在地狱的门口掩面哭泣，
> 塞万提斯的子孙们在经历着又一次身心的伤痛。
> 人道的援助不管来自哪里，唉，都是一种美德。

作为声音性叹息的视觉性记号（sign），"唉"乃是古代汉语的根本之所在。古代汉语对待万事万物直至深不可测的命运，都倾向于也乐于采取叹息而不是反抗的态度，正所谓"存，吾顺事；殁，吾宁也"。阮籍"尝登广武，观楚、汉战处，叹曰：'时无英雄，使竖子成名！'登武牢山，望京邑而叹。于是赋《豪杰诗》"。很显然，《豪杰诗》乃是叹的展开；叹乃是《豪杰诗》的实质。吕叔湘早已揭示了实质和展开之间的亲密关系："感叹词就是独立的语气词，我们感情激动时，感叹之声先脱口而出，以后才继以说明的语句。"不无漫长的展开，不过是对简短的实质给出的说明。经由文化遗传，感叹，这种珍贵的气质，得以驻扎于现代汉语；《裂开的星球》则因忠实于这种气质，既没有走向无情和抽象，也将长舌妇的身份抛到九霄云外，还因其诚恳和诚实不忍心轻薄地消费灾难。很容易看出来，在《裂开的星球》中，"唉"对被裂开的星球有深深的担忧，对可能到来的去全球化，则有难以言说的遗憾。尽管如此，面对古代汉语独有的悲悯情怀，"唉"的态度是对之自觉地继承，有意识地守先待后。

吉狄马加是一位用汉语写作的彝族诗人，其诗作中的悲悯情怀很有可能不仅仅源自古代汉语，还有可能部分性地出自彝族典籍；珍贵的彝族典籍和古代汉语两相交汇，也许才是悲悯情怀的真正来源。很多年前，《裂开的星球》的作者就曾盛赞过本民族"圣经"级别的宝典，也就是那部伟大的《勒俄特依》："我好像看见祖先的天菩萨被星星点燃／我好像看见祖先的肌肉是群山的造型／我好像看见祖先的躯体上长出了荞子／我好像看见金黄的太阳变成了一盏灯／我好像看见土地上有一部古老的日记／我好像看见山野里站立着一群沉思者／最后我看见一扇门上有四个字：／《勒俄特依》"（吉狄马加：《史诗和人》）《勒俄特依》是一部宣扬爱和团结的宝典，是对悲悯的声音化和文字化；它在致力于呼唤最大公约数的世界，反对旨在分裂人类的去全球化。由此，《裂开的星球》更愿意将新诗理解为歌颂，而不是仇恨；理解为赞叹，而不是抱怨和愤怒；理解为追求同一性，而不是追求貌似多元的分裂与割据。由此，从古代汉语潜渡而至现代汉语的"唉"，得到了《勒俄特依》的热情加持；所以，《裂开的星球》有理由如是发言："孤独的星球还在旋转，但雪族十二子总会出现醒来的先知。／那是因为《勒俄特依》告诉过我，所有的动物和植物都是兄弟。"在"唉"的帮助下，《勒俄特依》有能力让《裂开的星球》相信："左手对右手的责怪，并不能／制造出一艘新的挪亚方舟，逃离这千年的困境。"有了这等理念，现代汉语的强大意志，那浴火归来的伟大语言，就有可能被新诗控制在适宜的境地：既不左，也不右；既不过于冷静和重视细节，也不失却冷静和适度地关注细节。但它刚好能够表达西克苏（Helene Cixous）称赞过的那种希望，一种头骨上仅剩一丝肉星的希望。如此这般的现代汉语最终帮助《裂开的星球》发出了反对裂开的呼声：

是的！无论会发生什么，我都会执着而坚定地相信——

太阳还会在明天升起，黎明的曙光依然如同爱人的眼睛
温暖的风还会吹过大地的腹部，母亲和孩子还在那里嬉戏
大海的蓝色还会随梦一起升起，在子夜成为星辰的爱巢
劳动和创造还是人类获得幸福的主要方式，多数人都会同意
人类还会活着，善和恶都将随行，人与自身的斗争不会停止
时间的入口没有明显的提示，人类你要大胆而又加倍的小心。

2020 年 4 月 23 日，北京魏公村。

宋威

《高原来·协和万邦》

黑白木刻

1.2×1.8m

2019 年

柏桦诗选

/ 柏桦

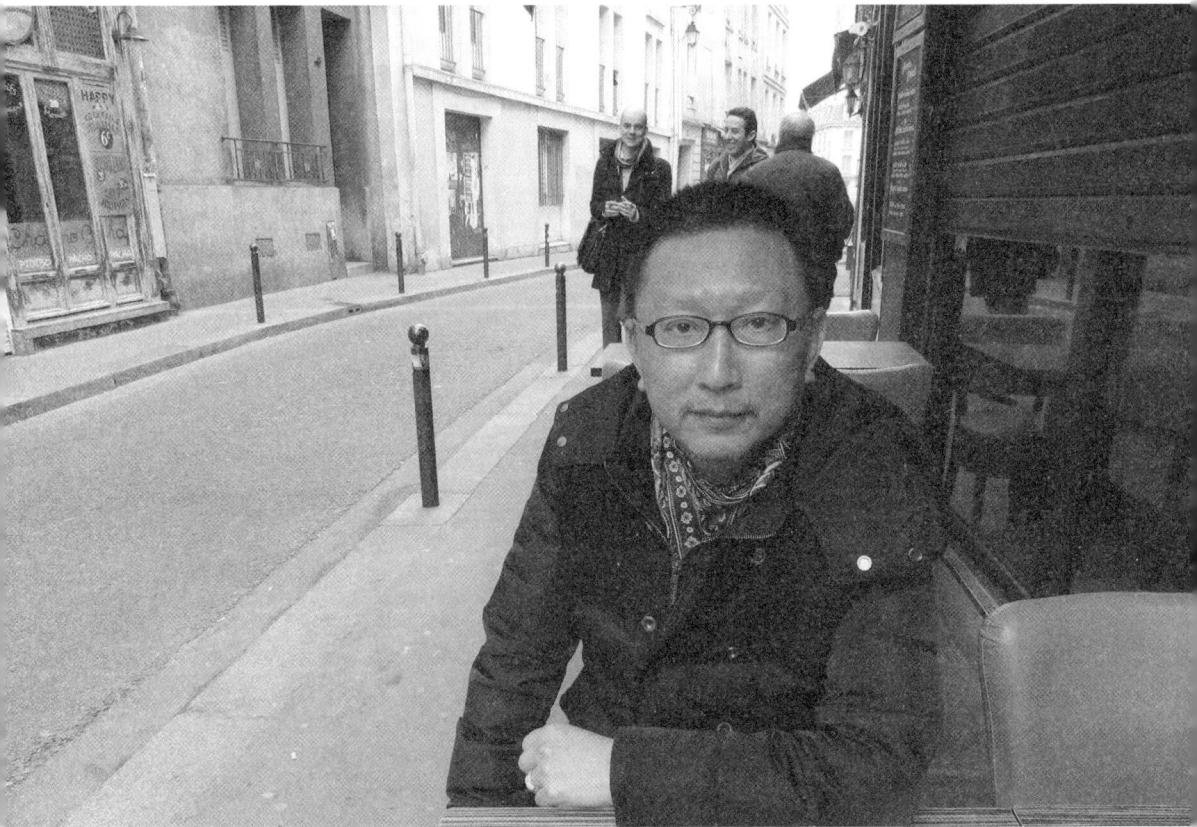

柏桦，1956 年 1 月生于重庆。现为西南交通大学人文学院中文系教授。出版诗集及学术著作多种。最新出版的有：英文诗集 *Wind Says*（《风在说》）、《在清朝》（法语诗集）、《秋变与春乐》（诗集）、《惟有旧日子带给我们幸福》（诗集）、《蜡灯红》（随笔集）、《白小集》（随笔集）、《水绘仙侣：冒辟疆与董小宛——1642—1651》（诗集）、《竹笑：同芥川龙之介东游》（诗集）。曾获安高（Anne Kao）诗歌奖、《上海文学》诗歌奖、柔刚诗歌奖、重庆"红岩文学奖"、羊城晚报"花地文学奖"、首届东吴文学奖。

礼物
——赠少年时代的杨典及其家人

《礼物》是我俄语小说中最长、最好、最怀旧的一部。……这本小说只有背景可以说是包含着某些传记笔触。还有一件让我高兴的东西：也许我最喜欢的一首俄语诗——是我给书中主人公的那首。……我解释一下吧：这涉及书中两个人，一个男孩，一个女孩，他们站在桥上，夕阳映在水中，燕子低飞过桥头；男孩转身对女孩说："告诉我，你会永远记住那只燕子吗？——不是随便什么燕子，不是那儿的那些燕子，而是迅速飞过的那只燕子？"女孩说："当然我会永远记住。"（纳博科夫）

大雨中，她打开印刷厂的铁门
冲进社会主义排版室，查对
契诃夫选集中的一句原文。或许，
"锈渍斑斑的窗外飞着燕子。"

字已用完，在这个春日晚间，
你想到另一个故事的一些关键词：
饥饿、方便面、成长以及为难；
他最终被一个势利的诗人拒绝。

热汤！她家的，我们短暂的欢乐，
有个人哭了，他想过神的生活？
在明亮的灯光和小玻璃桌前
（她是那样喜欢明亮和玻璃）

他俩仿佛在沉思，雨中的春日……
他俩并不知道时间已接近尾声——
"处女星已经回来。"现在已到了
她为我们说出谶语的时刻了。

知青岁月

三十六年前，
我曾游荡在巴县龙凤公社的山间
森林正午或黄昏，明朗湿润，闻起来
有股图宾根森林里德国男人飞跑过去的味道；
我真是那样年轻，十八岁，
正追逐着一名画中的农民女儿；
看，她刚装满一筐柴草。
    "倒掉！"
突然，看林的瘸腿人怒吼着临空逼近

森林转阴，
面前那幽暗的美人半张着嘴
孤单的森林空气在呼出
那最后天真的残枝的痛苦……
那不是人的痛苦？
那恰是我昨夜油灯燃尽的痛苦
    ——在 1950 年代出版的一部百科全书
第九十八页末段，我听到萨特笔下的
自学者叹了一口气："多么漫长！"

    ——"倒掉！"
灰色的天空如某种古代的威风倒扣过来
年轻的山巅、姑娘、看林人……
以及不远处老了的白市驿飞机场
我也正在沙沙地跑过，
迎向秋收后的黄金之风
风中空空的肩膀，弯腰的泪水……

后来人入庙出庙，参拜送钱，

后来真来了个金蔷薇式的坏诗人？

不，他是个老知青诗人！

想象有必要吗（一代又一代）

每一个人的青年时期

都有值得观察和记住的东西——

活着是桩大事，还是个壮举？

注释一：知青岁月，指我曾经于 1975 年 8 月至 1978 年 1 月，被下放到重庆巴县白市驿区（诗中的白市驿飞机场就在白市驿区）龙凤公社公正大队，参加农业劳动和接受农民的教育，这几年的劳动工作就是我的"知青岁月"。

注释二："活着是桩大事，还是个壮举？"出自张爱玲小说《创世纪》中一句话"单是活着就是桩大事，几乎是个壮举"。

生命

生命如此短暂但神还是创造了这副面孔

"老年，一件比死亡更可怕的东西。"

是的，越到老年，就越少了偶然性

孩子们也越恨你，更不要说女人了。

空气依然公正。美早已失去了恐惧。

记住：只要你不怕，就没有什么可怕。

生活，各种各样的袋子，无穷的烧不尽的

从这一袋到那一袋……从这个人到那个人……

每一刻都是真实的。但也不要完全信它，

除非你忘了在这世界上"在我的药柜里，

冬天的苍蝇死于年老体衰"。注意人！

六十三岁或八十一岁，时间将翻转——

在成都，我这十四行诗，一行也不能少。

在南京，三十岁的她，一岁也不能少。

路易十六之死

1793年1月21日，在巴黎，路易十六的头颅滚入装着糠的筐里。

——题记

人总在寻找与自己命运相同的人。
路易十六临死前，亦不例外；在
书中（大量的），尤其在休谟写的
英国史里，他读到许多被废黜国王
的事迹。其中还真有一个被处死了。

剩下的日子已屈指可数，一天，他
对他的律师说："我本着良心向你
发誓，我以一个要死的人向你发誓，
我一贯想的是人民的幸福，我从来
没有起过与人民为敌的念头。"接着

他仅提了一个要求（处死前），"再
宽限三天，我想自由地和妻子儿女
待在一起"。但与家人见了一面后，
路易冷静下来，他在监室里不停地
踱着椎心的方步："我决定不见他们了。"

受刑前夜，他居然睡得很稳，直到
清晨五点，被仆人（遵他嘱咐）唤醒。
吃完临终圣餐后，他把一枚指环、一
块图章、几根头发交给仆人并以镇静
的口气对来者说："我们走吧。"鼓声

早已在远方低沉地响起，兼杂隆隆的
炮声和嗡嗡的人声，路易登上了革命

广场的断头台，突然，他转向左边，
滔滔说道："我是无罪而死的，我宽恕
我的仇人；你们，不幸的百姓们……"

鼓声更加猛烈地敲击，盖过了他的声音。
三个行刑手有力地架起他。十点十分，
他三十九岁的生命结束了。"一个最善良
又最软弱的国王，经过了十六年半一心
谋求幸福的统治之后"被他的祖国斩首。

好快，1978 年的恋爱
—— 为王晓川和尹红而作

此时瑞典在吃早饭，
五十五岁的他
在深圳一家电脑公司
突然想到他的过去……

我二十二岁，
正追逐着一位幼儿园女教师。
后来……好快——
重庆还远吗?
斯德哥尔摩更远……

但长信多么宜于春夜，
1978 年……
我成长于革命干部的家庭
（我的父母都来自陕西）；
我的哥哥、姐姐、妹妹，
唉，还有那位卫校的女老师……

你听着，好惊奇

整个身子都倾倒于我的倾诉……
读我的诗……你显出幸福，
你高兴得为我跳舞。

我真有军人的仪表？
（你觉得呢，尹红……）
但有个老师叫殷敬汤，
他说我是天生的外交官……

好快，异国之沈迈克
从上海复旦大学来了……
好快，我打往瑞典使馆的电话，
让你泪流似海……

注释并补记：王晓川，我的高中同学，已于2019年元旦夜，在深圳辞世。尹红，王晓川早年女友，后嫁给当时毕业于复旦大学的瑞典留学生沈迈克（Michael Schoenhals，现为瑞典隆德大学教授）。

嘉靖皇帝的一生

那"不死药"就是春药（铅丹和砒霜做成的小丸子），
我吃它已有30多年了。最近怒火烧胸，皮肤烦痒；
生死问题还没解决，我能否变成一个不死的人呢？

1524年，我17岁，曾记否，有一天黄昏星刚出现，
我仰望天空，产生了一种恐惧——我将死去。
我该做些什么呢？献身于道。绝不是逻各斯（Logos）！

1540年，我决定隐修，追求永生，精研告别的学问。
1545年，为斩尽人气，国务和外交全由扶乩来应答。
1552年，800名少女（8-14岁）围绕着我；第二年

命运的精密度又引来了180个（10岁以下）少女。

陶道士说，在幽室用这银碗吃饭并与 14 岁处女
（初潮刚过）性交，那阴中之阳当被你完美吸收。

1556 年，我开始渴望灵芝——使人成仙的植物。远方。
1558 年，礼部采药去，在江山云深处寻得了 1860 株。
1560 年，我失眠了（一种中毒症状？），我彻夜工作。

1564 年，激动和抑郁交替，脑筋在坏死。床上有桃子，
那是神仙递来的；天边外，总有令人遥想的东西……
1566 年，我想回去、回去、回去！回到我的出生地

——湖北钟祥县，我最后的生命力在那里。初春：
人们看到我哭了又笑了，人们也注定要看到我的死。
1567 年 1 月 23 日正午，我终于告别了我 17 岁的恐惧。

为你销得万古愁

我还是那个 1966 年夏天
正午烈日下跑步的少年吗？
"生活中失去的生命在哪里"？
嘉陵江上，你也来听听！

那泸州人写悬棺人头诗。
那北大人写一生丛书诗。
写冬日冰钢诗的人是谁？
香港人专写蔬菜政治诗？

想想发烧前发抖的诗吧
"太太留客"留给合川人
"杜郎俊赏"留给鄱阳人
老鼠奔腾的诗呀！归你写。

夏天，他兴奋于行了割礼——
（真快，去成为一个赌徒）
二十年远走高飞的是我——
二十年爱上双飞的也是我

注意一楼的西班牙很女性化！
注意慈善这个词是希腊词
但那荷兰人在漂泊或飞行
但那吃，为你销得万古愁……

注释一："西班牙"（四川土话），在此指龅牙，即门牙外露。

回忆（二）

一

森林展开了，
1909、1987、1989……

在蓝得不像真的天空下，
在岷江，在黑水河谷；
在白云山下，
在明故宫前，
在紫色的春夜！

我的一生有多少次呼吸？

二

索桥像秋千高悬，摇晃……
（那里的人们高华而长寿
并不都是慢吞吞的）

她的高傲是为了救一个人吗？

我爱情的魔法师——

她的眼泪是为了突然爱上……

三

多年后
"我将忆起你，锡兰，
忆起你的叶，你的果……"

我将忆起你，南京，
忆起你的唇，你的大学的云南。

注释一："我将忆起你，锡兰，忆起你的叶，你的果……"（克洛岱尔），见维克多·谢阁兰著，邹琰译：《谢阁兰中国书简》，上海书店出版社，2010，第8页。

卞之琳逸事

上帝无偿地赠给我们第一句，而我们必须自己来写第二句，这第二句须与首句词尾同韵，而且无愧于它那神赐的"兄长"。为使第二句能同上帝的馈赠相媲美，就是用上全部经验和才能也不过分。（瓦雷里）

人海里洗一个风沙澡。
——卞之琳《向水库工程献礼》

一

1936年5月的一天，我写出了一句诗：
"种菊人为我在春天里培养秋天。"
之后，为什么我就写不下去了呢？

是因为这年译事繁忙，从粮食到窄门？
是因为我老站在一株青春的榆树下
却不会吸烟？（如果到了1943年

一切都将改变，那时我在昆明东山
一间林场小屋，边写小说，边抽烟，
从一天三支直抽到四十支）但也很可能：

是因为生涯羞涩，感情偏颇，难得翻脸？
是因为大多数国人是地图盲，而我不是？
回到源头吧：待我老去才能渐于声律细。

二

1937，江南苦夏，我在雁荡山庙里译书
而赏心乐事呢，唯有在山涧洗澡、洗衣
1938，我突然远赴延安，为另一本新书
《慰劳信集》也为在延河里洗澡、洗衣

"解放后我时常志愿下乡，为改造思想"——
1971 或 1972，我一生最惬意的事在河南
"五七干校，炎夏干了相当重的农活后
泡在豫东南村圩水里洗澡、洗衣……"

多少江河啊，让我错失泡过洗过的机会
恒河、泰晤士河、密西西比河、亚马孙河？
遗憾里我想起我的朋友师陀说的一句话：
人的深情是莫测的，人的命运也是莫测的。

黄桷树下

是哪一年的一个夏天？
在那株巨大的黄桷树下，
我在想着我的未来……
我决定不再学历史学，
将来去学商科。

如今我早已过了耳顺之年，
乐天知命，像白乐天？
每当夜色黑浓，树木不见，
我就倍加想念那晴日的树荫。

一天上午，
我又来到那株大树下，
在学童们中间凝听朗诵：

"所有咆哮的河流湍急，
都出自一个小小的针眼；
未出生的事物，已消失的事物，
从针眼中依然向前赶路。"
（W.B.Yeats《一个针眼》）

那是一个无风的夏日早晨，
黄桷树也正好屏息谛听……
石匠分开热浪；孩子们醉若史诗；
花园，年复一年……

而我感到闷，我突然想：
这人间为何屠夫仗义，
文人负心？

读契诃夫《醋栗》

我税务局的弟弟现在终于可以按
他的梦想生活了，成天吃着地里的
蔬菜水果；不时赏出内心的骄傲，
摆出半桶伏特加给附近农民喝。

乡村生活真是有数不尽的舒服呀
弟弟常常说，"在阳台上坐一坐，
喝喝茶，自家的小鸭在池塘泅水，
各处一片清香，而且醋栗成熟了。"

如果庄园没有醋栗树该如何是好？
那简直无法想象！"现在我们两人
都已白发苍苍，快到死的时候了。"
谢谢庄园让我们明白了两个道理：
一具尸体烧成灰只需一个小墓穴。
一个活人又何必要拥有整个地球。

褒曼

这来自北方的雅典娜
只属于北方——
属于破晓前的蓝雪
属于黑暗中的桦树
属于乌云下的波罗的海

是的，"想想在美国，
人是永远不会死的。"
是的，"机遇容易得
常常让人难以置信。"

但我还是瑞典的女儿
我喜欢住在祖国的乡间
早起，读书，清理房屋
对了，还要给狗儿洗澡

这是我的样子吗？等等
有一个人竟然公开说

（我可忘了他是谁）
"褒曼是波德莱尔式的。"

我看着运河，枕着小舟，浪迹江湖
我的年龄，我的舞台，我的命数……
我老了的脸上带着少女的笑容；
就这样我的形象一下子就出来了。

东坡翁二三事

三更天气，顾影吃酒，
东坡翁若有所思而无所思：

黄州，1083 年 10 月 12 日，
与张怀民夜游承天寺
"何夜无月，何处无竹柏，
但少闲人如吾两人者耳"

满空疏星，儿子睡去；
大海危险！我念念有词：
"天未丧斯文，吾辈必济！"
吉祥天果然行云……

我笑那钓鱼人韩退之，
"不知走海者未必得大鱼也"
我笑那平淡者，不识真平淡，
平淡乃绚烂之极也！

1987 年夏天，黑水

我们往昔的欢游总发生在夏日
可老美人却怎么也不太懂得

她老年动人的性感。遗憾……

黑水的天空古蓝云藏，它的不朽
将我的青春再一次提速
米亚罗，我们再也回不去了……

那天下午的流水曾沁人心脾
那天年轻的绮集只有我们三人
我们呼吸着深山如飞，你对我讲起
一个少年深夜爱你到发抖的故事

二十四年后，瑞典，我还在想……
为什么她在森林里是无辜的？
为什么思想在森林里是个笑料？
为什么风景常在森林里回忆着观景人？

注释一："黑水"县城，位于青藏高原东部，阿坝藏族羌族自治州中部，北与松潘相接，东西与红原、茂县相邻，南和西南与理县、马尔康相连，距离成都 284 公里。
注释二：米亚罗风景区，位于四川省西北部，四川省阿坝藏族羌族自治州理县境内岷江上游杂谷脑河河谷地带。
注释三："思想是个笑料"，这句是一个俗套，类似的话许多人说过，纳博科夫便是最大的鼓吹者。

永恒
——纪念我的舅舅杨嘉格和一个电工

五十年前，我的舅舅带我去重庆一个电工家吃过一顿午饭，那电工仪表含蓄温柔，炒的京酱肉丝令我终生难忘；在那个炎夏的正午，我甚至立刻改变了我对重庆酷暑的印象。

——题记

故事没有继续，记忆却从未停止……
我这一生，只是一个善于根据剧本

表演的演员吗？我突然发挥出来了——

那是重庆临江门千门万户中的一户——
世界的舞台来到一个电工之家，顶楼，
正午，我看见了阳光下的嘉陵江……

重庆的夏天风凉，因一盘虎皮青椒
一盘松花皮蛋，一盘京酱肉丝……
重庆的夏天安逸，因我们三人的午餐，
我十五，舅舅三十五，电工二十五。

厨师因某个梦而发明了这个现实。
电工！你正是这个永恒现实的厨师。
人生因多年后几人相忆在江楼——
最后的幻觉，我们无酒便不眺望……

注释一："厨师因某个梦而发明了这个现实"，见张枣诗歌《厨师》。
注释二："几人相忆在江楼"，见唐代诗人罗邺《雁二首》及丰子恺画作。

基辅之春

这世上哪来彻夜不眠的春夜
老栗树下的基辅，灯亮了！
一个乌克兰少女在读书：
哦，契诃夫原来是个进步作家……

如此春夜，不写华丽的诗
不与梦中人登山临水，一个中学生，
可惜。契诃夫真说了这句话吗：
"电和蒸汽比素食更符合人性"

政治多么美。进步更美。

我说过吗？老年痰多，孩子话多。
春夜（不仅仅在基辅）
我不想惹群众，我只想出去……

注释一：契诃夫说"电和蒸汽比素食更符合人性"是什么意思呢？契诃夫其实是一个写进步的
作家，他这样说是在含蓄地攻击提倡素食的托尔斯泰。（进一步详情参见奥兰多·费吉斯：《娜
塔莎之舞：俄罗斯文化史》，四川人民出版社，2018，第247页）
注释二："政治多么美"，我说过。1989年12月26日，我在南京农业大学培训楼，我的宿舍
里说过。见我写于那天的一首诗《1966年夏天》。

在南方

"无邪的南方呵，请收下我！"
——尼采《在南方》

唯有夏天上午某一刻，在南方
树叶才会发出银子般的沙沙声
我刚看见这一刻，变化发生了
风吹来的不是银子，而是虚无

还有那些天气并不舒适的游历
怎么总有一种老年和美的气息
可这些，我发现也已离我远去
天气没有老年和美，只有生气

经苏州到南浔，我们中午吃酒
作陪的镇长送给我十八双袜子
主人看上去真比我还要高兴呀

我该说什么呢？话多少不重要
我是诗人，可你说我是倒头神
多年后在成都，倒头神会怀念你

注释一："倒头神"，南京（包括徐州）一带土话，我多次写到。譬如在我另一本书《白小集》里，我就说过：庾子山说阳台神。南京人说倒头神。

痰吐与呼愁
——或帕慕克说

帕慕克幽灵分身后"痰吐止禁"
打开《一点墨》另一个我在说：
1403 年，伊斯坦布尔教堂三千，
小痰盂三千，办事员一样工作
的作家也三千？很可能这里的
诗人才是上帝通过他说话的人。

呼愁的集体？爸爸们讲的故事？
我不信这是土耳其独创！儿子，
"但我喜欢你这一点。生命中
最重要的不是艺术而是傲气。"
但是妈妈，我头脑里的螺丝松了
我不想成为艺术家只想写小说。

注释一：帕慕克，土耳其作家。"痰吐止禁"见其书《伊斯坦布尔》，上海人民出版社，2007，第 123 页。

注释二："1403 年，伊斯坦布尔教堂三千，小痰盂三千。"见柏桦著《一点墨》，北方文艺出版社，2013，第 11 页。

注释三："呼愁"是帕慕克《伊斯坦布尔》一书中的关键词。"但我喜欢你这点。生命中最重要的不是艺术而是傲气"亦见其书《伊斯坦布尔》第 343 页。

重写布罗迪小姐的青春

一个人的青春就是一个人为它而降生的时刻。
——穆丽尔·斯帕克《布罗迪小姐的青春》

诗中第四节，猛烈的东风弯曲了

落叶好轻，十岁的女生突然惊醒
"历史课"在一株大榆树下进行
苏格兰，我国的诗歌，英语语法……

这可不是公元前的事，但总有种
魔法的感觉，是什么呢？ 1937 年
晚报准时送来爱丁堡下午六点钟。

少女们别革命！布罗迪正值青春。
谁说对隐藏的诗人应该厚道一些？
谁说法西斯男青年都爱穿黑衣衫？
后来我到达时，她已被迫退休了。

我想起已不年轻的她曾经旅游过
两三个国家……她死后的消息在
人们口中风传，就像夏天的燕子……

说明：此诗内容取材于穆丽尔·斯帕克（Muriel Spark）的小说《布罗迪小姐的青春》。

燕子与蛇的故事

燕子在漆黑的卧室疾飞，什么状况
睡下的父亲披衣擎灯引它来到堂屋
抬头望，梁上燕窝旁，垂下一条蛇
那蛇口里衔着另一只不动弹的燕子

乡间万籁俱寂，我们赶紧绑扎镰刀……
蛇吐出燕子溜了，狗叼起燕子跑了
什么状况，狗突然栽倒，中毒死去
翌日清晨，千万燕子盘旋我家上空

堂屋的气温、气流、风，年年依旧

什么状况，从此燕子再也没有飞来
许多年后，不，又过了一个半世纪

我想到的怎么不是那晚求救的燕子
不是父亲高举镰刀发出的嚯嚯吼声
而是动物越安静，越令人害怕——蛇！

说明：本诗材料来自黄曙光博士讲述的故事。

柏林晨景

主啊，这些事的结局会是怎样呢？
去吧，但以理，这些话已被封印……
——《旧约全书·但以理书》

那曾有的气味要等到八十七年后
某个五月的早晨才能被我精确嗅出
那死去的声音是活的，每分每秒
都来到我的耳畔，不停地讲述……

"请给我拿一块杏仁肥皂。"
这出现在你柏林天赋生活的第几页？
往下听，车尔尼雪夫斯基正从中
发现了某种平凡而珍贵的联系——

那司机扛着半边冻猪肉，弓身穿过
人行道，快步踏入屠夫红色的肉铺
看见这幕晨景的人，为什么不是我？

纳博科夫！这是韶华易逝的柏林啊
一个想说声"谢谢"的柏林，合上书
高兴之余，我想起旧约漆黑的开头……

注释一：本诗第三节，说的是纳博科夫一个清晨在柏林的观感。诗并非总是"忧伤的玫瑰"等待着诗人去发现，他能够从正在工作的人的平凡行为中见出美："骑着三轮车的脏兮兮的面包店伙计啦，把邮筒清空的邮递员啦，甚至那个正在把牛肋肉卸下来的司机"：但是也许最好看的是那些肉块，铬黄色，带粉红色斑块，一圈一圈的涡形图案，它们堆在卡车上，那个系着围裙、戴着皮帽、后沿披挂到脖子上的人正把每片肉块搭到背上，弓腰将它从人行道上搬到红色的肉铺里去。（参见博伊德：《纳博科夫传：俄罗斯时期》，广西师范大学出版社，2009，第 331 页）

暹罗的回忆

年轻真好，
头一碰枕头就睡着了
中年时节，
一个激灵便醒转来，亦好

事情有什么好奇怪呢，
别说见到了什么安暖鱼
反正我已长大成人
只是我记不得我的父母了……

那儿童在夏天的热风中浓睡，
这更好么？失踪那天，
他只记得有一个玩具象
从手上掉落

下午，突然变阴凉了，
一个下坡，一个上坡——
森林！森林！森林！
后来我就只记得森林出现了……

注释一："安暖鱼"（Anon Fish），一种神话生物。

纪念一个诗人
——给诗人、学者温恕（1966-2016）

> 临死前大半年，一个浅浅的晚间，
> 你悄悄来读了我的诗，这我知道。
>
> 临死前一个月，你还是那样自恋
> 撒娇：世界只剩下我们两个人了。
>
> 余下细节，可没有一个说得上来
> 那么多计划，那么多书，那么多钱……
>
> 朱湘之后，张枣之后，余虹之后
> 我总觉得，你是一个没有死的人
>
> 这不，我来对你说我的一个新发现：
> 乌克兰小俄罗斯。高尔基大话包子。
>
> 这不，五十年很可能不如一夕谈
> 多说多福，舌头能把你带到基辅。

注释一："舌头能把你带到基辅"出自"舌头能把人带到基辅"，俄国谚语，意思是：只要多开口问路，就可以走得很远。含义是：多说话有益。这里是说温恕生前一个可爱的特征：话多，爱抒情。

晚霞里

> 这君士坦丁堡的晚霞……里加晚霞……
> 就这样变成了身体的幸福，他看哭了
> 那逃亡者目光挑剔，诗生活何其短暂
> 他最后注意到的东西，将会最先消失？

晚霞里，你遇见了往生四十年的父亲
在晚霞邮政总局门口与你擦肩而过——
好怪，这事怎么发生在昨晚梦中的柔佛？
（无论记住或忘却，都令人感到高兴）

我看到了吗？不，我有信心，我记住了
那天的晚霞，直到我的老年；我记得
那一道金辉是怎样洒在安静的教室里
她刚上完少年党课，站在屏幕前的样子……

而另一个年轻的纳博科夫像我年轻的母亲
在晚霞里只用指关节打人，不用整个拳头。

注释一："他最后注意到的东西，将会最先消失。"典出《圣经》。
注释二：柔佛（马来文：Johor；英文：Johore），地名，马来西亚十三个州之一，位于亚洲大陆的最南端。

父与子

攀登！
峨眉山深夜临窗月夜下的树木
看上去真像一些土星上
奇异的生物呀，
他看疯了……

六十七年后，
在巴黎拉丁区一条无人的小巷，
他回忆了 1926 年深秋这一幕：
万古长如夜的天河，
我怎么会突然满含生气的尴尬，
抱紧我三十二岁哭泣的父亲。
为什么正当十三岁的我

会产生一个奇怪的感觉：
会不会是我生下了我的父亲……

"我还会活多少年？"
后来，那儿子在想：
为什么不是父亲的老年，
是他哭泣的青春让我尴尬？
后来，这长大的儿子
感到有什么东西是永恒的——
不单单是我们，
我们一代又一代的儿子们
也成长为年轻的父亲

抱紧他，儿子！
他同样如我风景中的父亲般爱哭……
抱紧他，一代又一代，
多少父亲从 1926 年的山巅
哭到大城——哭到世界——

诗人与亲人

"如此多的雨水，如此多的生活，
如黑八月那肿胀的天空。"
一天清晨读到这句诗时，我想到了
老诗人沃尔科特，他临死前
在圣卢西亚家里，边打瞌睡边写诗……

这时，某云南诗人说他耗尽了他的
青春和悲悯，他只爱他的亲人。
爱情有多深，也就可以有多浅——
古往今来，我们只用门板放尸体
（难道这又是工具简陋，意义繁复）

这时，另一个成都女诗人突然觉得——
人总有什么东西，不能直说，
是的，人其实最不喜欢的就是亲人；
人又总有什么东西，无法摆脱，
是的，人终其一生成为他人的亲人。

注释一："这时，某云南诗人说他耗尽了他的青春和悲悯，他只爱他的亲人。"参见雷平阳的诗《亲人》。
注释二：真的是另一个成都女诗人吗？完全可以是一个福州男诗人。

柏桦才是中国文学的未来？
——谈柏桦诗歌中的平凡因素

/ 李商雨

　　2007 年，《南方周末》的记者采访了一位特殊的对象。这位特殊的对象就是赫鲁晓娃——她是苏联领导人赫鲁晓夫的孙女。在采访中，她就本国文学说出了一番惊人的话，她认为，纳博科夫才是俄罗斯文学的未来。她对这句话做了如下的阐释："整个俄罗斯传统文化背后的观念是：做一个舒服的资产阶级没什么意思，人生要义在于拼搏奋斗，就算拼上性命也是快乐的，因为奋斗是要成为更高贵的人或更高贵的灵魂。"而纳博科夫则认为，"过一个普通人的小日子也不坏"。在这个意义上，纳博科夫自然而然就成了俄罗斯文学的异类——但也许真的是俄罗斯文学的未来呢。

　　众所周知，20 世纪以来，那种赫鲁晓娃所说的"整个俄罗斯传统文化背后的观念"在中国影响极大，深入到很多当代作家的内心深处，深入到他们的"灵魂"——那种对事物的感知方式，以及思考事物的元语言。我在本文套用赫鲁晓娃的话作为文章标题，——"柏桦才是中国文学的未来？"——也绝非为了耸人听闻。

　　只是，在当今，并不是柏桦一个人在写作中贯彻了平凡因素——所谓平凡因素，基本可以用纳博科夫的看法来解释："过一个普通人的小日子。"——稍稍熟悉新时期以来的诗歌的人都知道，早在 20 世纪的 80 年代早期，已经有几位杰出的诗人（这中间当然包括了诗人柏桦）已经放弃了朦胧诗的对抗美学，走向日常生活，并开始书写日常生活中的平凡事物，并以平凡作为诗学的重心。

20 世纪 80 年代的第三代诗歌，在整体上，并非如在 90 年代有些人攻讦的那样，是一种所谓的不及物写作，恰恰相反，在那个年代，很多诗人在朦胧诗运动的喧嚣中已经开始冷静地调整自己的写作方向，将手中的笔朝下，从宏大话语降落到日常生活。这支笔就像是摄影机，它的镜头更多地对准了诗人身边的事物，将日常生活作为自己的写作对象，用摄影机镜头般的精确的笔来书写"平凡"。人们熟知的诗人里，除了柏桦，当然还有韩东等人。今天，我们得以观察到一个有趣的事实：也许在很多人看来，韩东与柏桦有着很大的差别，但是，他们其实是写作美学上的"友军"。请原谅我使用借自网络的词语——"友军"。他们根本上有极大的共同点。这就是，他们都是以写平凡的日常生活，写日常生活的平凡为根本。

我在这里并不打算谈论韩东，我要谈的是柏桦。但我想说的是，其实，我们可以将本文标题修正：将"柏桦"这个词修正为一个复数。如此，这个意思也就更清晰了。

柏桦们能否意味着中国文学的未来，这一点无法验证，因为它在时间上是一个悖论：未来还没有到来。但这并不妨碍我们讨论这个有意思的话题。从经济角度看：中国经济继续发展，中国人收入持续提高，中国跨过了中等收入的陷阱，中国最终将成为发达国家俱乐部的成员。只要国家有这样令人可期的未来，就可以展开以下的讨论。

要知道，不管是读者还是作家，只要置身的整体的外在环境是贫困的，他就很难不关注这种整体环境下因贫困而出现的种种匪夷所思的事情，而这些事情，往往与"苦难"两个字相联系。这会刺激观察者或置身其中的人。他们很难置身事外。现实风沙扑面，人很难不会感到烦恼。一百多年来，中国现代文学的观念——夏志清将之总结为"感时忧国精神"——总是与这种贫困造成的苦难与烦恼发生关系（当然，更复杂的讨论还需考虑到启蒙与救亡等话题）。也因此，中国现代以来的文学尤其凸显了"苦难"两个字。这两个字，则又化身为另外的词，诸如"介入""现实""批判""底层""道德""英雄"等。——这些词，从根本上说，则又可以归于"历史意识"，也即它们都是与历史有直接间接关系的词，是中国的历史际遇影响了人们的认知和思维方式。这个历史意识，大致相当于夏志清所说的"感时忧国精神"。

追根溯源，诗歌中的历史意识往往和历史现代性挂起钩来。也就是说，在中国文学中，众多作家的思维是在某个圈内，这个圈对作家的思维认知有很大的影响，那就是一百多年来中国特殊的历史际遇累积起来的像沉重的淤泥一样的意识。它可以以直接的方式，也可以间接地体现在诗歌创作中（现在更多的是这种方式）。有时候，它表现为宏大叙事，有时候，它也会表现为个人叙事：从个人的视角，个人的体验，用小小的技巧去写历史，或由历史淤积的意识造成的一种沉重感（比如"苦难"）。但我觉得这种写作观念，其实是在"历史现代性"这个莫比乌斯圈里。尽管我们可以看到，有很多90年代以来的诗歌，它们在技巧和修辞上有着不小的改进，也希望通过个人化叙事来写自己的所谓经验，——如此一来，整个写作看似已经峰回路转，获得了诗学上的合法性——但其实并未真正地从中跳脱出来。"历史现代性"对众多诗人而言，简直成了绕不出去的圈，一些诗人在诗学上竭力论证某种诗歌的必要性与合法性，但可能就是一次次的循环论证。

诗歌中不是不可以写历史。柏桦的诗歌就有很多的历史，比如《水绘仙侣》中的明季历史，但他立足于"做一份人家"的平凡的人生愿景。在此，平凡与安稳、永恒相关联，这种平凡里自有其神性。短暂的人生与永恒之美，这也是波德莱尔界定的在时间上表面存在悖论（实际上是统一的）的审美现代性。历史在柏桦的诗中实现了这种悖论的统一。在《宣城，1974》这首诗中，很明显，历史的宏大与个人的日常，实现了一个微妙的平衡。这首诗里，有一种不可言说的历史，但它并不是以中国文学中普遍存在的那种历史的意识存在的，柏桦将它巧妙地降落下来，降落到一个日常的场景："在一所猪栏的平台上 / 在一轮壮丽的日落面前 / 他脱下了她的裤子。"这个场景是短暂的，但也是永恒的。所以它是具有神性的，这首诗因这个场景获得了神性。这是一种从宏大迅速变小的法术，柏桦在这首诗的结束，做了一个惊险的刹车动作，化险为夷，终于这首诗成了：他靠着这个惊险动作，这首诗获得了审美的现代性。

如果，——基于前文对国家经济发展的预想，——国家在经济上真正地成了发达国家，文学将会如何？但凡还停留在现阶段或过去物资匮乏时代或保留着对物资匮乏时代记忆的读者，可能会忽略这两个字：自由。——我这里谈的是诗歌的自由。自由并不意味着想干什么就干什么，它肯定与"受限"这层含义联系在一起。对于一般读者而言，受限的是想象力：人在摆脱物资匮乏和生存压力之后，才获得基本的自由。这个自由一定要是身心自由，不再为生存的压力——比如房贷、车贷这些——羁绊时，他才有可能在观念中把自身之外的东西淡化而追求自身的价值。在这个过程中，诗歌才可能摆脱历史的意识的支配而获得一种在生命与物之间不受羁绊的自由。

套用布尔迪厄的一个说法。布尔迪厄认为，贵族有他的自由，他"向自身要求别人不会向他们要求的东西，向自身证明他们符合其自身，也就是其本质"。布尔迪厄这里使用的"贵族"一词，可以修正为一个在物质上获得了自由的人。而在本文，则是这样的：国家真正昌明隆盛，成了发达国家，老百姓的收入都提高到了可以像欧美诸发达国家一样，那么，无论是作为诗人，还是作为诗歌读者，他所认定的好诗歌，势必要求这种诗歌应该是可以向自身证明"他们符合其自身，也就是其本质"的诗歌。这样的诗歌，必定是与以上所说的"批判""底层""道德"等诸"庞然大物"（韩东的说法）没有太大关系，而是只与生命本身有关的诗歌。

柏桦的诗歌就是这样的诗歌。这是一种落实到日常生活的诗歌，也是一种写日常生活的平凡的诗歌。尽管有很多诗人也在写日常生活，但并没有将"平凡"两个字落实下来。柏桦的诗歌，是这样的一种诗歌：平凡作为他感知事物的动力或触发点，是他处理他写作中的词与物关系的关键。

长期以来，我们的诗歌理论热衷于探究文学中的词与物的关系，却忽略了第三项：即在词、物之外，还有一个关键项，这里姑且将之称为"解释项"。只有多了这个解释项，写作的理论才真正圆融起来。

"解释项"是个符号学术语。这个"解释项"如果放在当代诗歌里，它对应什么呢？是感受？是常识？是经验？抑或是文化、历史意识、意识形态？再抑或是心灵？身体？我觉得它可以指任何一种在词与物之外的东西。而当我们谈论一首诗或一个诗人的具体创作时，这个解释项就变得比较具体了。比如柏桦的诗歌，他诗歌的解释项，就是"平凡"，这个"平凡"可以说是心灵的，也可以说是身体（肉体）的。但它肯定是生活的常识：比如"做一份人家"就是生活的常识。

赵毅衡教授近些年对这个问题的研究颇有成果。他引入美国的符号学家C.S.皮尔斯的符号学理论，以此来对中国长期以来过于看重索绪尔的符号学的学界现状进行纠偏。他的研究成果用于我们对诗歌的研究，或者破解我们仅仅对于词与物的执着是有启发性的。索绪尔语言符号学的"能指－所指"在诗歌中基本就是词与物的关系，而这种关系，不但是封闭的，而且是简单粗暴的，但是作为一种观念，它曾对我国的诗歌影响非常大。如果试着用另一种观念（比如皮尔斯的符号学）来考察中国诗歌，我们发现有个重点区域被忽略了，那就是诗歌的解释项。诗歌本身作为"词"的部分，所写对象作为"物"的部分，把它们耦合起来的那个东西是什么？这就是解释项。这个很关键，因为它也直接影响了词与物。皮尔斯的了不起之处就在于它指出了词与物之外的第三项。因此，这种注重"三"的模式，也有"三生万物"之意。

柏桦的写作落实到日常生活，他是怎样落实下去的？回到平凡，回到常识，回到人世。从哪里回？当然是从不平凡，从作为庞然大物的意识形态，从历史意识。在他那里，平凡取代了不平凡，常识取代了意识形态，人世取代了历史意识。这一切的重中之重，就是理性和启蒙的因素淡化为对日常生活的感受，淡化为一种平凡、平常心。

我曾不止一次地举《异乡记：问答张爱玲》一诗为例，来谈论柏桦诗歌中平凡的因素。他在这首诗里，写到张爱玲目睹县党部的情景，说那里"柜台上的物资真堆积如山呢：/ 木耳、粉丝、笋干、年糕……""连政府到此亦只能做一份人家"；而一个年轻的职员，则挑着豆腐担子走进了永嘉党部，手里拿个小秤，"称起豆腐来， 副当家过日子的样子"。这首诗明显地偏离了我们一百年来主流文学的那种体系，而落实到对日常生活的感受。张爱玲在《异乡记》中的这些文字，用 W. 叶芝的一句诗来说，就是"一种惊人的美诞生了"。这个美之所以惊人，是因为文学中的那个在词与物之外的解释项。而柏桦将之写入诗中，这同样表明了柏桦的诗歌的惊人的美——他的诗偏离了主流的诗。

在柏桦那里，这种平凡，有时被表述成另一个词：逸乐。这个逸乐的实质，其实就是基于日常生活的平凡。虽然说柏桦写的是日常生活的"平凡"，但这在美学或诗学的意义上，却是不平凡的，它无视文学的五四体系。要知道，国家主流的文学一直以来是在这个体系中的。但现在柏桦脱轨了，因此他的诗就有了"惊人的美"。这也是写作对历史现代性的拒绝。

2016 年第 3 期的《读书》刊发了《世纪视野中的百年新诗》座谈会的内容，其间冷霜讨论了柏桦诗歌的"逸乐"问题。他说："尽管仍可以把它和卡尔维诺的'轻逸'或现代主义文学中的'颓废'等美学范畴勾连起来，但另一方面，它也意味着对我们所熟知的那种新诗现代性的游离。"冷霜的表述相当谨慎，在我看来，对不少新诗的研究者或批评家而言，历史现代性才是新诗的现代性的"正脉"，对历史现代性的偏移，到底意味着什么，这个真不好说。我就见到一位某985 大学的著名教授公开表达他对张爱玲的看法：张爱玲在我看来，始终不过是一个会调情的言情作家而已。这个"而已"表明了一位学者的态度。等于说，他是不承认张爱玲的美学现代性的，也间接表明，他不认可夏志清、李欧梵、王德威等海外学者从审美现代性出发对中国现当代文学的研究。这可能也是大陆学者长期浸淫启蒙主义思想的结果。因而，推知复数的柏桦的诗歌在当代可能面临的境遇，这一点在韩东那里也可以得到印证。

为什么说柏桦的诗歌一定就是审美现代性？只要看看审美现代性的诞生情景就知道原因了。波德莱尔在提出美学现代性的时候，他有个想法，就是他对当时进步论在法国甚嚣尘上的反感和抵触，他在思考——艺术，艺术到底是什么。然后这才有了审美现代性。90 年代以来，很多诗人热衷于谈论诗歌与现实的关系，比如说，热衷于讨论所谓"介入"。这虽然是个大问题，但也是个老问题。只要像布尔迪厄所说，诗人们只要向自身证明他们的诗歌符合自身，也就是其本质，那他就不会迷糊到只热衷于讨论"介入"或"及物"而忘乎所以。诗人希尼曾说，诗歌具有纠正作用，其中包含了诗歌对自身的纠正。

这可能是一个被忽略的问题。诗歌对自身的纠正，并不仅仅是在修辞上玩花招，因为众所目睹，当今的诗歌有一支就陷入了修辞的泥坑。当然我肯定不赞同这种希望通过修辞手段来协调审美与启蒙的冲突，事实上，在中国当代的诗歌中，相当大一部分诗歌，都没有能够解决好这种冲突。所以，很多人指出，中国当代诗歌存在着一种非常深刻的矛盾。

这种矛盾并不是不能解决。考察柏桦的诗歌就能发现这样一个事实：他很好地处理了存在于很多诗人那里的诗歌内部的审美现代性与历史现代性之间的矛盾。看似艰难的问题，原来可以迎刃而解。在中国，衡量一个诗人的写作是历史现代性的谱系还是审美现代性的谱系，要考察的不是词与物（这点很关键），而是这两项之外的第三项：解释项。

所以，我在本文强调了柏桦诗歌中的平凡因素的重要性，原因也就在这里。他正是从这一点出发，来协调自己的写作的。也正是这个因素，让柏桦的诗歌成为柏桦的诗歌：那种具有精细之美的诗歌。

所谓"精细"，乃是瓦雷里对诗歌嘉许的一个标准。瓦雷里在谈到《海滨墓园》的创作时曾说："伏尔泰有一句绝妙的话：'只有精细之美，才成其为诗。'我对此毫无异议。""精细"之美，也可以作为柏桦诗歌的最主要的特征。柏桦诗歌的精细，体现在他的诗歌的声音和形式上。他在《卞之琳逸事》一诗中引用了《瓦雷里全集》1，第 482 页的话："上帝无偿地赠给我们第一句，而我们必须自己来写第二句，这第二句须与首句词尾同韵，而且无愧于它那神赐的'兄长'。为使第二句能同上帝的馈赠相媲美，就是用上全部经验和才能也不过分。"对声音的追求，同样也成了柏桦的诗歌之所以为柏桦诗歌的几乎全部的原因。这种追求，是让诗成为诗，但这必须是在诗本身降落到平凡以后。对平凡因素的书写，是对声音追求的前提。

平凡因素，乃是他写作的驱动。他的诗歌的精细、精致，与他对五四以来的主流文学的反思、偏移和拒绝分不开。也恰恰在这里，我才提出这样的问题：柏桦（们）才是中国文学的未来？

2020 年 5 月 9 日

张执浩诗选

/ 张执浩

张执浩，1965年秋生于湖北荆门。现为武汉市文联专业作家，《汉诗》主编。湖北省作协副主席兼诗歌创作委员会主任。主要作品有诗集《苦于赞美》《撞身取暖》《宽阔》《欢迎来到岩子河》《高原上的野花》等8部，另著有长中短篇小说集、随笔集多部。曾获鲁迅文学奖、华语文学传媒大奖年度诗人奖、《诗刊》年度诗歌奖、人民文学奖等奖项。

如果根茎能说话

如果根茎能说话
它会先说黑暗，再说光明
它会告诉你：黑暗中没有国家
光明中不分你我
这里是潮湿的，那里干燥
蚯蚓穿过一座孤坟大概需要半生
而蚂蚁爬上树顶只是为了一片叶芽
如果根茎能说话
它会说地下比地上好
死去的母亲仍然活着
今年她十一岁了
十一年来我只见过一次她
如果根茎继续说
它会说到我小时候曾坐在树下
拿一把铲子，对着地球
轻轻地挖

蘑菇说木耳听

一朵蘑菇与一只木耳共一个浴盆
两个干货漂在水面上
相互瞧不起对方
这样黑，这样干瘪
就这样对峙了一夜
天亮后，两个胖子挤在水里
蘑菇说："酱紫，酱紫……"
木耳听见了，但木耳不回答
蘑菇与木耳都想回神农架

彩虹出现的时候

松树洗过之后松针是明亮的
河流浑浊，像一截短裤
路在翻山
而山在爬坡
画眉在沟渠边鸣叫
卷尾鸟在电线杆上应和
松树林的这边是松树
松树林的那边除了松树
还有一群站在弧光里的人
他们仰着头
他们身后的牲畜也仰着头

冬青树

我在冬青树上睡了一宿
那年我五岁
被父亲赶上了冬青树
我抱着树干唱了一会儿歌
夜鸟在竹林里振翅
我安静的时候它们也安静了下来
我们都安静的时候
只有月亮在天上奔走
只有妈妈倚着门框在哭

雨夹雪

春雷响了三声
冷雨下了一夜
好几次我走到窗前看那些
慌张的雪片

以为它们是世上最无足轻重的人
那样飘过，斜着身体
触地即死
它们也有改变现实的愿望，也有
无力改变的悲戚
如同你我认识这么久了
仍然需要一道又一道闪电
才能看清彼此的处境

秋葵

秋葵怎么做都好吃
怎么念都好听
我记得第一次带你吃它的情形
那是一个夏天
我俩坐在楚灶王的窗边
我一边翻着菜谱一边指着秋葵
说：这个好吃！
我记得你自始至终
一副心满意足的样子
那也是我第一次吃秋葵
第一次觉得我们不在一起
多可惜

日落之后

日落之后还有很长一段路要走
父亲坐在台阶上
背着慢慢变幻的光
他已经戒烟了，现在又戒了酒
再也没有令他激动的事物
落入池塘的草木填满了池塘

落入鱼篓的鱼安静了认命了
风走在公路上，这是晚风
追着一张纸在跑
路过的少年将捡到
另外一个少年的故事
关于贫穷、成长，关于孤独
再也没有忍受不了的生活
如果我也能够像他这样
在黑暗中独自活到天亮

腌鱼在滴水

腌鱼在滴水
在白色的冒着热气的阳光下
一排腌鱼都在滴水
水滴由快到慢
由清到浊
最后一滴从鱼眼深处滑下
经由鱼鳍，到达鱼尾
凝聚了一条鱼
最后一点力气
此时落日已被大地吸纳
晚风拉扯着
一旁跳荡的晾衣绳
绳子上挂着粘满了鱼鳞的棉衣
棉衣开始很重，后来很轻

丘陵之爱

我对所有的丘陵都怀有莫名的爱意
田畴，山丘，松林和小河……
尤其是到了冬天

起伏的地貌仿佛一个个怀抱

在暖阳里彼此敞开

每一座房屋都被竹林树木环绕着

它们坐北朝南的架势从来不曾改变

青翠的是麦苗，枯黄的是稻茬

乳白色的炊烟越过林梢之后

并不急于飘走，这一点

不同于平原、高原和山区

我总能在丘陵中找到我要的各种生活

尤其是在我步入中年之后

我更亲近这些提腿就能翻过去的

山丘，蹚过去的小河，这一个个

能为我打开的怀抱

中午吃什么

我还没有灶台高的时候

总是喜欢踮着脚尖

站在母亲身前朝锅里瞅

冒着热气的大锅

盖上了木盖的大锅

我喜欢问她中午吃什么

安静的厨房里

柴火燃烧的声音也是安静的

厨房外面，太阳正在天井上面燃烧

我帮母亲摆好碗筷之后

就在台阶上安静地坐着

等候家人一个一个进屋

他们也喜欢问中午吃什么

补丁颂

我有一条穿过的裤子
堆放在记忆的抽屉里
上面落满了各种形状的补丁
那也是我长兄穿过的裤子
属于我的圆形叠加在他的方形上
但仍然有漏洞，仍然有风
从那里吹到了这里
我有一根针还有一根线
我有一块布片，来自另外
一条裤子，一条无形的裤子
它的颜色可以随心所欲
母亲把顶针套在指头上时
我已经为她穿好了针线
我曾是她殷勤的小儿子
不像现在，只能愧疚地坐在远处
怅望着清明这块补丁
椭圆形的天空上贴着菱形的云
长方形的大地上有你见过的斑斓和褴褛
我把顶针取下来，与戒指放在一起
贫穷和幸福留下的箍痕
看上去多么相似

左对齐

一首诗的右边是一大块空地
当你在左边写下第一个字
脑海里立刻浮现出一个栽秧的人
滴水的手指上带着春泥
他将在后退中前进
一首诗的右边像弯曲的田埂

你走在参差不齐的小道上
你的脚踩进了你父亲的脚印
你曾无数次设想过这首诗的结局
而每当回到左边
总有一种意犹未尽的感觉
一首诗的左边是一个久未归家的人
刚刚回家又要离开的那一刻
他一只脚已经迈出了门槛
另外一只还在屋内
那一刻曾在他内心里上演过无数次

被词语找到的人

平静找上门来了
并不叩门，径直走近我
对我说：你很平静
慵懒找上门来了
带着一张灰色的毛毯
挨我坐下，将毛毯一角
轻轻搭在我的膝盖上
健忘找上门来了
推开门的时候光亮中
有一串灰尘仆仆的影子
让我用浑浊的眼睛辨认它们
让我这样反复呢喃：你好啊
慈祥从我递出去的手掌开始
慢慢扩展到了我的眼神和笑容里
我融化在了这个人的体内
仿佛是在看一部默片
大厅里只有胶片的转动声
当镜头转向寂寥的旷野
悲伤找上门来了

幸存者爬过弹坑、铁丝网和水潭
回到被尸体填满的掩体中
没有人见识过他的悔恨
但我曾在凌晨时分咬着被角抽泣
为我们不可避免的命运
为这些曾经以为遥不可及的词语
一个一个找上门来
填满了我
替代了我

滚铁环

我滚过的最大的铁环
是一只永久自行车的轮圈
我用弯钩推着它
摇摇晃晃地上路
八月的星空
高高的谷堆
我沿着晒谷场一边跑
一边想象着黑暗的尽头
当我越跑越快
铁环溅出了火花
我感觉自己已将黑暗推开
而身处黑暗中的父母放下蒲扇
紧张地望着我
看见我消逝在了黑暗深处

阳光真好

洗净的衣服拧干后
要在空中抖开
一个人能干的活无须两个人合作

我在树荫下睡觉

阳光真好

只晒那些需要晒的

妈妈你真好

不把床单洗干净你不会叫醒我

而当我醒来

我会像泥鳅一样灵活

抓紧床单的一角

旋转着身体，使劲拧

你在那一头咯咯地笑

我在这一头越拧越起劲

到现在仍然不肯松手

答枕边人，兼致新年

唯一的奇迹是身逢盛世

尚能恪守乱世之心

唯一的奖赏是

你还能出现在我的梦中

尽管是旧梦重温

长夜漫漫，肉体积攒的温暖

在不经意间传递

唯一的遗憾是，再也不能像恋人

那样盲目而混乱地生活

只能屈从于命运的蛮力

各自撕扯自己

再将这些生活的碎片拼凑成

一床百衲被

唯一的安慰是我们

并非天天活在雾霾中

太阳总会出来

像久别重逢的孩子

而我们被时光易容过的脸
变化再大，依然保留了
羞怯，和怜惜

把手伸进别人的兜里

把手伸进别人的兜里
那是什么感觉
如果是一只空兜
正好填满你的手
把手伸进你爱的人的兜里
再也不想拔出来
那是什么感觉
再也不想像今天这样
在冷雨中

在自己的兜里寻找你的手了

烟花表演

回老家的山坡上找
一种叫柞木的树蔸
用老家的洋镐把它刨出来
放在太阳下暴晒
如果父亲还活着
他会一如既往
在岁末的星空下等我
他会把火钳递到我手上
让我敲打燃烧的树蔸
噼啪作响的烟花在空中飞舞
那是我见过的
最灿烂的夜空
当我在记忆中使劲敲打

残存的木头隐约可见

灰烬中的父亲一明一灭

明的时候山河屈指可数

灭的时候世界漆黑

我也深陷其中

像样的爱情

一起看花的两个人或

两个人一起看花

并不是同一件事

譬如说杜鹃花开了

失火的山谷里并不见救火的人

两个人在火海中不知所措

你看我我看你

越看越觉得此生可惜

这样的爱谁不想要呢

这样的爱至死不见骨灰

抱树

三个男孩子合抱一棵银杏

短缺的部分由一位女孩补上

四张脸蛋仰望树梢

四双眼睛顺着树枝往上爬

密密匝匝的银杏叶为他们洒落了一地

为他们曾经有过的

手牵手的

这一日

这棵银杏树年复一年

以相似的模样守候在相同的地方

却再也不见同时出现

在树下的他们
每当落叶季到来的时候
总有人绕树三匝
希望在树后遇见想见的人

咏春调

我母亲从来没有穿过花衣服
这是不是意味着
她从来就没有快乐过？
春天来了，但是最后一个春天
我背着她从医院回家
在屋后的小路上
她曾附在我耳边幽幽地说道：
"儿啊，我死后一定不让你梦到我
免得你害怕。我很知足，我很幸福。"
十八年来，每当冬去春来
我都会想起那天下午
我背着不幸的母亲走
在开满鲜花的路上
一边走一边哭

无题

有些梦只能停留在梦中
既无兑现的可能
也无变成现实的必要
譬如你对我的好
止于我知道你是为了我好
反之亦然
反之这些梦
一如乱石堆满床头

你在乱坟岗上见过的星光
其实是这些梦的磷火

菩提

菩提树的叶子有点像
我活过半个世纪后还能忆起的
那一张张人脸
每一张都似曾相识
菩提树的根会先往大地深处扎
然后再从黑暗中浮出来
像一些云絮盘踞，裸露
在树荫下。当我站在树下
树梢轻晃，斑驳的阳光洒满了
我蓬松的全身。而此时
方圆百里云淡风轻
百里之内的菩提树都有着
几乎完全一样的神情
如果你也像我一样
并不急于转世
就在树下多待一会儿
就会听见一颗果实坠地的声音
那么忧伤，那样悦耳

嘴巴里的苦

长时间不说话的人嘴巴里有一种苦
长时间不说话，这苦
就变成了结果，像苦胆
包含着黑暗在黑暗中颤抖
阳光一遍遍洗刷着楼房的外墙
阳台上趋光的酒瓶兰抵住了窗户

花盆里小叶榕的根茎不动声色
在使劲地抓挠，不说话的
草木不会说话了，也不叫苦
我曾在半夜清理喉咙
呼唤一个说不了话的人
巨大的回声撞击着我的胸腔
苦水腾涌，苦海无边
但我否认这是人生全部的苦

耳朵能看见的

布谷回应布谷的叫声仿佛
布谷的回音，在楼宇之间
弹来跳去。树叶挨着树叶
风让它们一会儿疏远一会儿紧密
阳光在户外缓缓位移
每动弹一毫米就有倾斜发生
我在悲伤中扶稳自己
春天已经来到了窗前
耳朵能听见的都是我能看见的
包括你在远方张望远方
你在黑暗中撮起嘴唇
先学习亲吻，再练习
面对涂黑的墙壁吹响哨音

借来的诗

借你的眼睛看一看
珞珈山上的樱花
白天的与夜晚的
有何不同又何其相似
借你的单车去东湖转一转

那里也有樱花开在樱园

去年的今日与今年的今日

阴阳相隔又大路朝天

借你的笔记下我说的：

"这不是生活，这是请命。"

借你大病初愈的容颜描述

春光初现，又有一片新芽

挣脱树皮加入到了树林

借一首无声的歌

含着眼泪唱

在这个春雨绵绵的黄昏

听见的人有福了

听不见了的人你要转述

不幸是怎么一回事

幸福究竟在哪里

没有结尾的梦

是不是所有的梦都不会有结尾

哪怕你梦见了死？

昨天晚上我就死在了

自己的梦中，真实而具体

如同顺理成章的生活

在需要与舍弃之间定型

今天一直在想这个梦

试图像一个死里逃生的人那样

去理解上帝的意图

他曾教会了我在临终之际

用手去抚摸身边的你

也曾让我把手伸向够不到的你

门在身后砰然关闭

树叶在窗外落下一部分

又长出了一些新鲜的
簌簌的窸窣声是它们的合体

给羊羔拍照

你那么小的样子让人想到了无
要是无多好啊，就不会有
往后的辛劳和无辜了
你那么雪白的颜色让人想到了有
要是有多好啊，就不会担心
来到这世上的初衷了
从寻找妈妈起步
到妈妈先走一步
你那么柔弱的样子让人想到了眼泪
调皮的时候想流下来
温顺的时候也想流下来
你那么心甘情愿的样子
多像一根青草粘在嘴角
你甩也甩不掉
你还没有学会吃它
还没有见识过人世间的辜负

无题

鸟鸣声越来越早了
说明这个难过的春天
即将结束
另一种可能是
我比这些鸟更难过
整个春天都没有熟睡
整个春天我都和它们
挤在一只笼子中

我若是黄芪
它们便是金银花、桑叶或苍术
在文火里煎熬

彩排幸福

生者熟睡的样子
死者安眠的样子
迷者觉悟的样子
梦者苏醒的样子
病者痊愈的样子
仆者起身拍打灰尘
尘埃在光线里回旋腾涌的样子
都是幸福的样子
我们一起喊"茄子"的样子
我们右手举着"V"
前排的人双手搭在膝盖上
后排的人两臂贴紧裤管
一张苦笑的脸夹杂在一群笑容中的样子
花团锦簇的样子
彩旗飘飘的样子
气球飞啊飞
孩子们在花丛中捉蝴蝶的样子
蝴蝶飞去飞来的样子
消毒车驶过了空旷的长街
你刚刚钻出防护服拐过街角
站在楼下张望自家的窗灯
被口罩勒过的脸上
泪花闪闪的样子
这是与死神擦肩而过的样子
这是幸福在彩排过后留下来的样子
生活终于现出了原形

也改变了幸福原有的样子
这就是我现在的样子
灵车已经带走了一部分
剩余的部分都在这里

汉阳门的春天

我在走投无路的时候
常常会来到汉阳门
通常那里会有很多人
聚在桥下看江景
大江东去的声音在心中回旋
很少有人听见
我也像游人一般
凭栏眺望
春天又来了
少女把下巴搁在亲爱的肩膀上
她多想就这样
一言不发
一辈子
梅花落完之后
白玉兰又开了
火车穿过我们的头顶
江水绵绵不绝
仿佛是上辈子的事情

从蘑菇和木耳的童话说起：张执浩诗歌的价值与技艺

/ 王毅

据鲁迅研究专家张梦阳说，1934 年 1 月 6 日，《申报》副刊《自由谈》主编黎烈文在上海三马路古益轩湘菜馆张罗了一次宴请，为郁达夫、王映霞夫妇送行，也是副刊主要撰稿人的岁首欢聚。席间除郁达夫夫妇外，有鲁迅、林语堂、阿英这些鼎鼎大名的文化人，也有一拨当时的学生辈年轻人陈子展、胡风、徐懋庸、曹聚仁、唐弢等。座席想必是由东道主黎烈文排定，鲁迅正座无疑。有意思的是，多年以后，其时最年轻的宴饮者——后来的中国现代文学史书写者唐弢执笔做东，请大家在现代文学史这场文学历史的盛宴中重新入席，在"启蒙""救亡""民族""国家""阶级"这些大菜面前，各自坐到自己应得的位置。从那次宴饮，到后来唐弢影响深广的现代文学史书写，差不多半个世纪过去了。其间的悲欢离合、恩恩怨怨、生生死死，很可能比他们笔下全部的故事加起来还要丰富和曲折，令人不胜唏嘘：写什么或者为什么写？怎样写作才算得上有意义，意义又究竟是什么意思？

而那次宴饮本身倒是其乐融融，宾主尽欢，鲁迅席间还讲了不少故事、笑话。其中一个是有关蘑菇的，来源于荷兰作家弗雷德里克·凡·伊登（Frederik van Eeden，1860—1932）的长篇童话《小约翰》（据称是"19 世纪的《小王子》"）。

……童话《小约翰》里，记着小约翰听两种菌类相争论，从旁批评了一句"你们俩都是有毒的"，菌们便惊喊道："你是人么？这是人话呵！"

从菌类的立场看起来，的确应该惊喊的。人类因为要吃它们，才首先注意于有毒或无毒，但在菌们自己，这却完全没有关系，完全不成问题。

这是鲁迅于1933年发表的一篇名为《"人话"》的杂文中的一个片段。鲁迅本意，大致是揭示人话的阶级性问题：虽然人人都能说话，但各个阶层的人总是以自己独特的方式在说话。而所谓的正人君子以及文艺中的行骗丑态虽然也是"人话"，不过是瞒和骗的艺术。可见，诚实地说人话，本不过为人、作文的底线，却成了最高的奢求。鲁迅的现实境遇和他看到的历史如此，今天的遭遇更是如此。

在经历了如此众多的过去与现在、来处和去处之后，一个人要如何才能继续如孩童般保持天真与纯粹，存留住人之为人的真诚？在现代汉语诗歌乃至整个现代汉语写作的百年历史上，我们能记住的总是那些最为洪亮的音节：启蒙、救亡、革命，或者解放、运动、阶级、改革开放、商业与全球化，等等。这些大词和它们所暗含的宏阔并非没有意义，但随着时间车轮的循环往复，那些大词以及它们曾经暗含的意义正在空转中消耗殆尽，甚至更为糟糕的是，它们往往最终走向了反面，沦落为自嘲的对象。在意义消耗过程中，唯一有效的抵抗，大概正是张执浩所能想到的那样："一首诗的右边是一大块空地／当你在左边写下第一个字／脑海里立刻浮现出一个栽秧的人／滴水的手指上带着春泥／他将在后退中前进"（《左对齐》）。"在后退中前进"，后退到作为个体的人，他的自身与自身周围，后退到生活中的日常与常识。那是日常生活中的父母、家人、厨房、童年、写作，是他顺手可以摸到的身边事物。这是张执浩诗歌写作中最常见的题材也是他写作中最有价值的地方。他固执地将诗歌写作带回人世间，不崇高不高蹈，也不卑贱低俗，正是刚刚好的人间。它的表现形式因此是你我熟悉的一切。

如果借鲁迅引用的那个童话，"这是人话呵！"；如果借冯至无限推崇的奥地利诗人里尔克，也可以把这种日常的真实与诚实表达得淋漓尽致。在里尔克的眼里，没有一事一物不能入诗，只要它是真实的存在者：

一般人说，诗需要的是情感，但是里尔克说，情感是我们早已有了的，我们需要的是经验：这样的经验，像是佛家弟子，化身万物，尝遍众生的苦恼一般。他在《随笔》里说："我们必须观看许多城市，观看人和物，我们必须认识动物，我们必须去感觉鸟是怎样飞翔，知道小小的花朵在早晨开放时的姿态。我们必须能够回想：异乡的路途、不期的相遇、逐渐临近的别离；——回想那还不清楚的童年的岁月；……想到儿童的疾病……想到寂静、沉闷的小屋内的白昼和海滨的早晨，想到海的一般，想到许多的海，想到旅途之夜，在这些夜里万籁齐鸣，群星飞舞——可是这还不够，如果这一切都能想得到。我们必须回忆许多爱情的夜，一夜与一夜不同，要记住分娩者痛苦的呼喊，和轻轻睡眠着，翕止了的白衣产妇。但是我们还要陪伴过临死的人，坐在死者的身边，在窗子开着的小屋里有突如其来的声息。……等到它们成为我们身内的血、我们的目光和姿态，无名地和我们自己再也不能区分，那才能以实现，在一个很稀有的时刻有一行诗的第一个字在它们的中心形成，脱颖而出。"（冯至《里尔克》）

这也正是张执浩的诗歌写作情状，没有一事一物不可以入诗，哪怕是充满烟火气的厨房物什。不知道他是否读过鲁迅杂文《"人话"》，是否知道那次宴饮的故事。有趣的是，他写了一篇几乎同样的童话。这是《蘑菇说木耳听》：

一朵蘑菇与一只木耳共一个浴盆
两个干货漂在水面上
相互瞧不起对方
这样黑，这样干瘪
就这样对峙了一夜
天亮后，两个胖子挤在水里
蘑菇说："酱紫，酱紫……"
木耳听见了，但木耳不回答
蘑菇与木耳都想回神农架

跟《小约翰》里的情形差不多，蘑菇和木耳这两种菌类起了争执，"相互瞧不起对方 / 这样黑，这样干瘪"。这真的有点"漂"。经过一夜的对峙和浸泡之后，两个干货成了两个水货，变得沉甸甸的，"两个胖子挤在水里"。它们已经很难再"漂"，只能"挤"在一起。争论也逐渐弱化为沉默——"蘑菇与木耳都想回神农架"。木耳听见了，但不回答。这也许是前面"漂"的状态下"瞧不起对方"的继续延伸，但肯定也是想回神农架的黯然神伤所致。一个"回"字透露了它们的来处。浴盆如何可以跟神农架这个"人与生物圈自然保护区""世界地质公园""世界遗产"共同录入的遗产地相比？ "干货"的"货"，怎样才能够跟"神农"的"神"并置？这的确令人神伤。鲁迅盛赞《小约翰》为"无韵的诗，成人的童话"。张执浩的这首诗也完全当得起这个评价。被生活风干以后，无论是蘑菇还是木耳，我们都已经变得又黑又干瘪。无论多想回到时间上的过去空间中的出处，最终却只能挤在现实的这狭小浴盆里，逐渐臃肿松垮，拖泥带水，不可能飞扬，不可能再飘。这就是从童年到成人的"成人的童话"。它保留了儿童般的天真好奇和单纯——但也属于成人，因此才会有过去和现在、来处和去处的比勘与印证，并敞亮了作为人的我们在日常生活中的真实情感与现实处境。

而一个突然爆发的事件，将这个我们平日浑然不觉的日常瞬间照亮。这是年初至今的疫情，是大声地呼救和默默地死亡，是恐惧的战栗和幸存的谨慎。但归根到底，它正好就是生活的本来相貌，不多也不少，绝对真实而且不容置疑。因为，生活本身从来就是灾难，而文学尤其是诗歌，它的本义就应该是灾难的记录。诗歌史根本上就是一部灾难史。因此，何止疫情期间封城到开封的日子，每一个日子都是里尔克笔下《严重的时刻》（梁宗岱 译）： "谁此刻在世界上某处哭，/无端端在世界上哭，/在哭着我。// 谁此刻在世界上某处笑，/无端端在世界上笑，/在笑着我。// 谁此刻在世界上某处走，/无端端在世界上走，/向我走来。// 谁此刻在世界上某处死，/无端端在世界上死，/眼望着我。"只不过这一次，武汉不幸首先成了诗中的"某处"。这也正如张执浩自己的理解： "我甚至认为，从某种意义上来讲，诗歌就是绝境中的艺术，是灾难的履带无情地碾压过我们血肉模糊的内心世界后，诗人向造物主所呈示出来的本真情貌，这面貌中同样包含着受难者的悲戚，以及不甘不舍不屈之心。"换句话说，张执浩并没有为灾难写作，但他写的每一个字都从灾难开始。这灾难本身就是日常，是疫期也是疫前疫后的日常和常识。如果不能明白这一点，那么既不能理解张执浩，也不能明白诗歌本身。这也许就是张执浩写作《彩排幸福》背后的沉重与真实：

> 生活终于现出了原形
> 也改变了幸福原有的样子
> 这就是我现在的样子
> 灵车已经带走了一部分
> 剩余的部分都在这里

　　带走的和剩余的，从来如此，也每时每刻都在发生，并非从此时的疫情开始。但丁在《地狱》中，描写人类在地狱的边缘排队，惊叹"这么长的一队人，我从未想过，死亡毁了这么多人"。艾略特《荒原》中直接把伦敦桥当作地狱之门，继续引用了这令人心惊肉跳的句子。他指着桥上的人群说，"这么多人，我没想到死亡毁了这么多人"。那些大师们，他们总是那么了解苦难在人世间的地位。

　　如果说，儿童般诚实、好奇地描画日常生活的真实，在诗歌写作中"说人话"，这是张执浩诗歌最有价值之处，那么，张执浩诗歌写作技艺上的成功，很大程度上来自他对词语的精准感知，对词语明暗义之间精巧的安排。他对词语的把捉，能够做到像使用自己的左手和右手一般熟练。按照约瑟夫·布罗茨基的看法，"诗歌作为人类语言的最高形式，它并不仅仅是传导人类体验之最简洁、最浓缩的方式；它还可以为任何一种语言操作——尤其是纸上的语言操作——提供可能获得的最高标准"。于是，"一个人的诗读得越多，他就越难忍受各种各样的冗长，无论是在政治或哲学话语中，还是在历史、社会学科或者小说艺术中。散文中的好风格，从来都是诗歌语汇之精确、速度和密度的人质。作为墓志铭和警句的孩子，诗歌是充满想象的，是通往任何一个可想象之物的捷径，对于散文而言，诗歌是个伟大的训导者"。这就是为什么，布罗茨基可以在课堂上信誓旦旦地邀约学生："如果你所关注的主要为当代文学，你的任务就真的很轻松了。你所要做的一切，就是花上两个月的时间，用你的几个母语诗人的作品将自己武装起来，最好是从本世纪上半期的诗人读起。我估计，只需读上一打薄薄的书，你就可以完成任务，在夏天快结束的时候，你就会像模像样了。"（《怎样阅读一本书》）如果布罗茨基的话可信，那么在当代汉语诗歌范围内，张执浩的诗歌绝对是值得推荐的"一打薄薄的书"之一。

　　这里可以张执浩近作《汉阳门的春天》为例：

　　我在走投无路的时候
　　常常会来到汉阳门
　　通常那里会有很多人
　　聚在桥下看江景
　　大江东去的声音在心中回旋

很少有人听见

我也像游人一般

凭栏眺望

春天又来了

少女把下巴搁在亲爱的肩膀上

她多想就这样

一言不发

一辈子

梅花落完之后

白玉兰又开了

火车穿过我们的头顶

江水绵绵不绝

仿佛是上辈子的事情

这首诗写的是每个武汉人都熟知的疫情，但诗人并没有正面相撞，而是选择了一个武汉人熟知的地点，汉阳门码头——而码头及其文化本身也许是武汉最有精神特质的象征之一。诗歌从"走投无路"开始——再也没有人比疫情期间的武汉人更明白"走投无路"究竟意味着什么。在"门"与"路"之间，最后剩下的去处就是这个古老的码头了。这是最初的诗行，也是最后的去处。"通常"是指以往，不是现在。因此，"那里"虽然是一个空间代词，但用在这里却指代着过往的时间。那是疫情以前——那时，那里会有很多人，聚在桥下看江景，休闲而散漫。"大江东去的声音"明义上是江水流动的声音，但在"通常"情况下，这是听不见的。"这是人话呵！"——如果，每次我们趿拉着拖鞋去汉阳门码头逛一圈，都听见了"大江东去的声音"，那就真的是一个反面意义的"诗人"了。那不是"人话"，而是很多所谓的"诗人"写作失败的根本原因。

真正令人叹为观止的地方在于，张执浩用另一个词（"凭栏眺望"）逗引出了"大江东去"所暗含的另外一种声音：那是历史、文化的低沉而含混的咕哝，是苏子曾经发出的"浪淘尽千古风流人物"的感喟。这种声音才真正"很少有人听见"。毕竟，汉阳门主要是个休闲的场所。"大江东去"与"凭栏眺望"这两个书面化的短语，一起构成了历史的庄严。不过，这庄严跟码头、游人、休闲散漫以及全诗的用语风格格格不入。对于诗歌艺术而言，正是这种不和谐的格格不入，绽开诗歌意义的裂缝，成为读者由此进入诗歌意义世界的甬道，也因此把写作从眼前的俗世带入到精神的高处和远方。

"春天又来了"。对于自然而言，春天来得再自然不过，它既无法阻挡也无法挽留；但对武汉人来说，这是一个命定的春天。正如张执浩在《永逝》中写下的："我可以牢记这个春天但 / 我记不住这个春天落下的 / 花瓣，太多的花瓣 / 白天落不完 / 晚上继续落"。这是不幸与幸福，是生死之间的绝对分界线："在这个春雨绵绵的黄昏 / 听见的人有福了 / 听不见了的人你要转述 / 不幸是怎么一回事 / 幸福究竟在哪里"（《借来的诗》）。只有在这里在现在，在"走投无路"的时候，才能够感受"春天又来了"这句诗全部的复杂性。

春天毕竟是春天，行进中的诗行也无论如何要回到自己的标题（汉阳门的"春天"）——就像少女无论如何也要回到春天，因为她本身就是春天。于是，"少女把下巴搁在亲爱的肩膀上 / 她多想就这样 / 一言不发 / 一辈子"。这是春天里最柔和甜美的画面，也是灾难中最悲苦难言的场景。张执浩在另外一首诗中写道："长时间不说话的人嘴巴里有一种苦 / 长时间不说话，这苦 / 就变成了结果，像苦胆 / 包含着黑暗在黑暗中颤抖 /……/ 我曾在半夜清理喉咙 / 呼唤一个说不了话的人 / 巨大的回声撞击着我的胸腔 / 苦水腾涌，苦海无边 / 但我否认这是人生全部的苦"。死亡也许并非最糟糕的事情，还有那些不能不敢不想言说的苦闷，把我们淹没在无边的苦海中。

"梅花落完之后 / 白玉兰又开了 / 火车穿过我们的头顶 / 江水绵绵不绝 / 仿佛是上辈子的事情"。在白玉兰与梅花的开落之间，在那里与这里之间，在历史与现实之间，在前世与今生之间，在疫前和疫中疫后之间，在仿佛和真切之间，在晦暗的日常和耀眼的灾难之间，我们走投无路，"……就这样 / 一言不发 / 一辈子"。于是，这首诗在技艺上最成功的地方在于，它对灾难只字未提，但却真切地抵达了灾难的核心：生活即灾难。

也正是在这个意义上，写作即是报信，诗人就是《约伯记》中那唯一一个逃出来报信的人。

袒身赤足于紐約 耶路撒冷
與巴格達之間
居然勸他們和解 我命令坦克
和玫瑰都盛開玫瑰

宋威 《我的梦之四》 木口木刻插图 40×70cm 2015 年

长夜将尽

/ 庞培

我迫使一阵风停下

我迫使一阵风停下来

在午后清新的一刻

那风迸溅春天的光亮

我迫使它露出颈后的头发

让它像古旧的门窗"嘎嘎"作响

那房屋所在的巷子已没有人家

只有一阵风吹着窗户透亮的光线朝旷野

而去

而旷野仿佛河流的床单

我迫使床单上的人回忆

袒露爱的梦境

风像一团春天的床单滚滚向前

我迫使床单、枕席停下来

风里有我的童年家园

风露出父母憨厚的笑脸

我全身上下都是风一般的亲情

在草地上

我迫使一阵风停下来

因为它是我逝去的五官和脸

我迫使一阵风停下来

我害怕被人爱上

我迫使它不去拉响江面轮船的汽笛

我的眼睛长在树梢的鸟窠间

我在旷野鼓荡的春风里摇摇晃晃

我是一小团动物身体的温暖

我是大地冰雪消融的羽毛

我是冻土带的悬崖。是那里

无名呼喊般消逝了的白昼

我呵着气

小手冻得肿红

我停下来，如午后

街头巷尾晾晒的被子

在荫凉中拥抱自己

拥抱我身体里的大好春光

也拥抱北方屋檐的冰凌

而风侧着脸吹过疾速的波浪

吹过浩瀚无常

这脸颊生疼的凛冽乡野

是我命运荒凉的一次停顿

暗夜

我现在很少回来了

很少是我自己了

在我的窗外：——长江

人与大地的灵魂契约

滚滚东流

江面恍若安静的书桌

被人世遗忘
星空结满船只、航道、暗夜的蛛网
如同花园栽植的雄伟巨木
从头顶伸过
灰尘极厚。往日记忆极陈旧
生活这部霉烂的旧书
几乎黏结成块
我摸摸自己的脸，它现在还在
天亮之前胡子拉碴……
如同一名陌生的房客，登上旧阁楼
转动亿万浮尘
手中生锈的旧钥匙

冬天下午读诗

屋子里有阳光，偶尔几声鸟鸣
院子草地完全荒芜了
附近走过的人任其荒芜
一首诗，等候在日子
荒芜的尽头
鸟鸣声，有人的眼睛注视诗句时的
寂寞光亮

读诗的人
没有力气再回忆了。一切过往
都在诗中。诗的况味中没有
就全没有了
诗之外是彻底的遗忘。遁入空门
如同冬天之外是零度以下的冰雪
山上的皑皑积雪

读诗人的眼睛里有雪

也有漆黑光明，在他的眼中
如同一条午夜的冰河
最后的白昼倒映其中
诗是冰面上呼啸的风声
冬天来临时
一首诗在哪里呢？

风暴，在诗之外的人生聚焦
屋子完全被墙上的吉他收拢
弥漫出节奏布鲁斯淡淡的温情
这诗句有一种听得见的坎坷
这冬天仿佛迟来的爱恋
他们日夜跋涉，积雪深埋到膝盖
一生，只来得及见对方一眼

读诗的片刻，都是人的最后一眼
在诗中，这被称之为"临终之眼"
诗人，仿佛人类集体的眼睛
雪、大自然、冬天的郊野
一齐在其中睁开。过去和将来
如同长夜临近。南与北，陆地和大海
辽阔洋流般的冻土带

长夜将尽

在江西省
一条不知名的山路上
走着多年以前的我

我独自一人
沿着山崖、峰峦、田野
杜鹃花开的天气行走

我走出空气中的鸟鸣
走出油菜花，走出乡野徽派的门楼
溪水潺湲的午后

我走出我的身躯
终老，安静于这一刻
脱离了称之为白昼的那个黑夜

世上一切的旅行
都是长夜将至
芬芳而馥郁

茶

我喝的是比咖啡还要浓的茶
我有时也喝淡一点的茶
白茶。明前。惊蛰茶
抢在大雨落下之前摸黑采摘
飞快烘焙出第一批春茶
炒青。在漆黑蜿蜒的山道上
我喝的是江河之水
淙淙切切的山泉水
水的抚慰正在农家的灶台上
追赶袅袅婷婷的山野的抚慰
黄昏时田间的碗茶
地平线上滚滚春雷
从疲惫农人的喉咙口落下
在我的书房里
茶是摊开的书页
在我头顶的山林里
曙光和积雪正在融化

我身体的富饶植物带

正在接受遥远印度洋的季风

那里，势不可挡的《荷马史诗》

喜马拉雅山脉东麓充沛的降雨量

茶叶表面的无辜温和

照耀一个寂静的庭院

我在那样的一个黄昏里

正独自享用这人生若梦

看不见的爱人

我的爱人是一阵寒风

刚刚吹进早晨的树林

夜晚和白天的风

像风又像外面大街空旷

雨像隆冬最后的深夜

我的爱人在随后的日子

是过道成排的书架空间

是寒流来袭黑黑的等候

是窗户阳台捆扎的旧书信

是桃花出城艳游明孝陵

窗外，突然响起的风声

恍若缓缓升起的树丛

长江东流。汽笛声拉响一个古代瓮城

世上只有一个地方，能让恋人们躲藏经年

历尽艰险

她来自江水变幻的远方

她的美貌是冬天江面的白茫茫

我的爱人是中国北方

更是芦荻萧瑟的水乡江南

如果将来有人问起

而天气突然转晴

那么，我的爱人是一阵风
我和她的故事
是风和风的拥抱
我结实。她年轻
我安静而料峭
她无声而迅捷

冬天来浏河乡

我把车开到了冬天的尽头
满地金黄江水的耕地
在太仓的浏河乡里
夕阳
沉落进每一垛干草的茎秆
多么感人的沧海桑田
多么年轻的海洋序曲！
芦苇弯曲着村口的冻土带
世界是一个人的
我曾骑马渡海来过
天黑之后我是古镇的月光部分
冰寒的菜地奋拉下一名蹒跚而行的刘姓老人
霜风吹彻他头发里的铁栏杆
平原如同呼啸而来的一个金色漩涡
此刻，万物远古
江海静谧
一个无名中国人的背影
是我即将进入的漫漫长夜

火车遗像

火车，是一代人的遗像
火车穿过旷野

月亮孤零零地进站

从肖像到遗像
镶上黑边框的海角天涯
涂上红漆的铸铁轮子
期间经过了稻田、荒凉的村庄、冬天
河流的蜿蜒。郊区。沙漠
南方的十字星座
广播里突然播放出
肖邦的《夜曲》
群山出现在车厢尽头
囚犯冷落后复出的镜中
河水"哐当哐当"的声音
一个人活着看见自己
已死去多年
厕所间的灯。夜灯呼吸
一代人沉默的模样
穿过沉沉夜幕
时间慢慢变成亡者的遗像

在江西省，站台孤零零。繁星
满天。只有一个人下车
一个人出站的背影：冬天

火车穿过旷野
慢慢变成一代人的遗像

清远味道

路过广东佛冈县
窗外的甘蔗田嘎吱嘎吱
在大巴车的嘴巴里响

沿途的树荫村庄
耀眼多汁
这是我记忆中
童年清远的味道
成片成片的甘蔗林
为我存贮岁月
甘甜
蹉跎的奥秘

春之歌

我在读书中一个句子。春天来了
所有的房间庄严
所有的收音机播报出阳光
爱人坐在下午的阳台上
飞机在白云深处轰鸣，只隔一堵墙
做着古老的针线活

春天来了
我的身体因为长时间独坐所
形成的神圣、明媚的寒冷
而一阵战栗

（选自《草堂》2020年第4期）

幽暗

/ 荣荣

幽暗植物

他归来时　夜色正浓
月光清浅　照见他的从容
而她蜷在床上　一壶更清浅的茶

她听见他在更衣
想象对楼的灯火透过他的肌肤
一些盈白的反光

没有意外　另一边被子掀开时
依然带起寒意
还有残酒和洗漱后的清凉

仍像一个陌生的闯入者
她默不作声
转了个身　像压制着什么

然后是一床的静寂和
滞留于静寂里的两棵

幽暗植物

银杏叶

你走之后　我与世界的关联又少了
他们谈论的现实里没有我
暮色合围的灰暗隔间
我独自失陷　不再四处张望

有人走过　看见了我曾经的孤寂
四面脆薄的透明玻墙
他想出声喊破　仿佛好玩的事物
就像语言一再被组织着　言不由衷

我也看见了我的孤寂
它就在角落里
顶着一张银杏叶新鲜的嫩黄
一个粗鄙的存在

这也是我的一个现实
你走之后　我与我的孤寂
也将渐渐失联

残 菊

那张脸在眼前晃动着
整个虚空映衬在背面

在静坐的午后
突然出现的影像
仿佛藏着无尽的过往

是谁　有怎样的名字
隐约的笑容像风过水面
又有更深的纠结潜于水底

细碎的波纹在心里漾开时
我看见了一朵残菊

肯定　我肯定又遗忘了什么
记忆是个好东西　藏得深了
自己也无法找到

橘乡临海的一只橘子

"我是不慎落入世间的一只橘子！"
满山遍野的橘子　她选中这一只
满世界里找他　只为剥开这一只

也许只是掩饰　剥橘子的轻柔动作
让她镇定　装作一次无心之旅
但为何几次抓不牢橘子
像是它突然长出了逃跑的腿脚

这是一只内心有爱的橘子
皮薄汁甜仍不自信仍会犯贱
这是一只甘心情愿的橘子
偏要喜欢一张嘴
偏想在一副心肠里转成蜜

他的门虚掩着　她的手在抖
手里的橘子几次溜走
一只伤感的裸露的橘子
两只伤感的裸露的橘子

蓝莓

小小的蓝莓有着隐忍的多汁的甘甜
她尝到了　却不说
他也不想再一次伸手

他们小心地看住一颗蓝莓
这是枝头仅剩的：
"谁渴望　谁就是失控者
就是那个自寻的烦恼！"

其时　他在努力沉入神性
她在搜寻一根自缚的绳索
极目处　江山几易其主
爱情还是原先的模样

其时　他就在她旁边
他又在她对面
原谅她从中的摇摆吧
平地起风　要将息还需要时日

"是什么让我如此心动？"
深山里的鹧鸪啼出了蓝莓之涩：
"使不得也哥哥！"

一树繁花

一树繁花可以用丰腴轻视生死
却无法看淡眼前之美
瞧　一朵花总会擦碰到另一朵
意料之中的哗然更像一种暴力

太多的花　太多凋残的走向
太多的肃杀之气　带着它们不管不顾的爱
它们都在争风而风欺压着它们的身子
像一匹过路的马带走蹄声

如果有一朵得到了上天的甘霖
如果有一个枝杈撑住了真美或假善
如果有一颗果实能走到秋天
一树繁花，是否就能压住心底的乌云

是否也能让她有所觉悟
这个迎风落泪　一站在高处就想纵身向下的人
如何转过那个僻静的街角
独自面对一树无法收拾的繁华或凋残

（选自《作品》2020 年第 3 期）

时光传奇

/ 阿翔

旅程传奇

七月，雨开辟雨的空间。
梦比细碎的生活更像奔跑的我
而得以辽阔。黑乌鸦自我隐匿，
仍可用于一个不为我所知的秘密，
它几乎通过饶舌的告密，穿越半个天空，
有银饰，还有生活的龃龉。
但稍一加赞美，过去即不朽。
这样的情况下，诗，在汉语拥有了
铁制的肺，呼吸于我们的记忆深处，
不仅没有输给诗学的道德课，
还格外醒目于失去河流的沉默。
有时，沿着陌生的寂静，
道路看上去把树挪得更远，但比起你，
仿佛变得很近，其中糅合了
丛林法则，试探着铁轨的耐心。
在此之前，风偏向于个人的敏感，

具有渗透力。要么就是，必要的场面
反而比我们更疏于表面的厌倦。
我猜，现实本身其实并不乏窍门，
以至于你不屑于辨认的保险。
一点不奇怪，甚至我们身上的风景，
也润色过极端的影子。我更猜，
从未有人私下对你说，诗，随时会
改变我们对世界的态度。

烟花皆寂寞传奇

湖边的四周，它让我看见
梦一般的幽深，隐隐约约接住了嫣红。
而你看见的却是时间的
一个紫绿瞬间，从一开始没有

辜负夜空的善意。沿着错觉的
本能，它稳稳绽放出小小的宇宙，
像是离你最近的秘密，照亮田园诗的
空远。此刻我比个人记忆更信赖

它的寂寞，哪怕世界还有另一面，
也不隐瞒它的堕落和原因，同时试探
你的反应，就像彗星的签名，
但不同于彗星向你推荐的对未来

眺望。有时，我将视觉的盛宴
比作比惊艳还神秘的美艳，就在
这一刻，更深入人性中的一个漩涡，
几乎完胜我们的弱点。其实，

夜空下的情形，不论如何假象，

始终纯粹于我们有可能比现实更虚幻的
生活。万古皆寂寞仿佛随着新鲜的
深度，沦为另一时间美妙的替身。

龙门潭碧绿传奇

天气阴沉，早于阴影的预报，
用不了多久，很快被雨水这个节气
取代。你也许会发现，它曾以
龙门为阵势，未必就不如
石潭的深渊。你甚至可以假设
深渊延缓了我们的时间，
它陷于雨水的阴影，但未必安于
现状。正如碧绿被折射到
澄清的深水，几乎无不源于我们
寻找的光源，比起绝对的静止，
一点不输给后面汹涌的石滩。
它有天生的灵感，取决于你如何
汲取到神秘的反衬，怎么看，
仿佛它只是毫不掩饰对我们发出
邀请。作为回报，你更加
确信完美不过是永恒的可能性。
借助于一片原始森林，不断
完善它自身的奇迹；它能让香樟
在礼貌中巡视春色，不过度
依赖你，也不试图在我们之间酝酿
一点虚无。如果有必要，天气
深刻于阴沉，在你的身边，雨水
将晨钟愈合于遥远的暮鼓，
平静得似乎从未产生过一丝漪涟。

白鹿原传奇

时间潦草很突然。但草不潦草，
仿佛一天还不够扩展到东郊的原野，
以及云朵层面。眼前的真切
脱胎于暴雨，然后延伸到秦岭，
像是人生有了底线，随时能贴近
一闪而逝的暗示，在秋日遭遇到一个
新的主题：白鹿耗尽了
它身上的云朵，以至于我未来得及
辨识。抱歉，我没办法
在陌生的环境中做出选择，
稍一施加动力，它近乎完美无缝；
但是很抱歉，我可不认为是
妥妥的传说。涉及落日的尺寸，
我没法确定标语对远处的回敬
究竟什么意思，这不仅仅是摇曳。
保守一点说，时间的潦草
不等于我的潦草，犹如风景夹杂着
太多的假象，需要我一步一步
减少，即使反差有这么大，
也并不见得比八月的插曲更出色。
有时，表面上的启示胜过领地，
未必不能胜过更深的仪式；
更有时，当我把脑子清空下来，
就捕捉到白鹿深奥于古老的瞬间，
清晰得好像我融入它身上的云朵。

1998 龙岗春节传奇

暗夜围绕着晚会，它的位置在
龙岗的 1998 年，经历了起伏的选择，

绿意比细雨显得迟钝，它刚刚

梳理过命运。我们如此遭遇晚餐，
多数情况下，孤独很容易见底，
即便撑着伞抵抗雨的幽深，反而还

反衬了无名的伤感。唯有家，
深刻于归宿，掩盖着音箱所带来
震耳的效果。我不确定上班的女工

是否能理解这些。她也在每个人身上
看到了相似性，闪光的部分
更突出 1998，倾向于美妙的颤栗，

也不是不可能，就像人生的气候
用另一个气候指出我们能包容
几个压力？但有时，比起春节在龙岗，

意味着离家千里有太多的你，
仿佛进入一个陌生的角色，足以
兼顾火车驶向辽阔。在这里——

时间最新的伤口终究不过是
被花海遮掩，更深的远方
在寒夜变得更锋利，再次证明

融入我们身上不朽的故乡。

（选自《星星》2020 第 2 期）

平原简史

/ 柳宗宣

无名的小地方

一朵朵野蔷薇摇荡汽车前窗
初冬锈红色茅草顺着车行的方向
五月则逆向于你：碧色草青
抽出白茅花穗，迎向跳荡
而至的你。车窗右侧的梯田
露出稻茬。梯田的弧型轮廓
比邻一角椭圆的湖水与山岭
林鸪鸟在此鸣叫它不改的教义
转弯处的一只土狗，仿佛老友
在此等候，交换空气
和你们的呼吸。你怕错失
四季的风景，就不停地到来
车爬上高坡滑向沼地旁吃草
的牛犊。闲置的公社的闸门
被抛车后。过了夏家寺水库
山冈风物变得幽僻。往往停在
何家洼的高坡：山路俯冲在前
伸向层叠的远山。这就是塞尚
描绘的风物，或者说，那个倔强
老人把圣维克多山绵延到这里

这是你们的作品，用色块和情感
创造它们，幕天席地垂挂在这里

关于油菜花

甚至，我不愿叫它花
不是一般意义的花
也不会看它，特意的
这比邻村落的油菜花
就在亲人家门口，我回乡
它夹道于两旁，乡民们站在
它们身旁，谈说变化的气候
然后隐身它们中间，他们知道
油菜花凋谢的时辰，就像他们明白
自己的死期，把油菜花看得平常
不会浪漫地抒情拍照，他们看淡了它
和自己的死亡，如同熟悉的人
活着活着，就成了一块墓碑
淹没在年年浮现的油菜花丛
甚至不愿称它是花。它又是花
结籽，花期短促得虚幻而真实
铺天盖地扑面而来的油菜花
在平原，像一场美学运动
让人面对——无法麻木

缓慢的归乡
——纪录片脚本片断

这条印有水牛蹄迹的田埂通向
那栋树林间的流塘小学
赤脚去上学，搬着小板凳
在操场银幕的反面，看电影

河水紧靠东边。平原相通的河流
将田野切割成棋盘式的平畴
乡亲的房舍成排映照河边；西边
祖辈的坟地高低错落在那里
那年，兄长的嗓音
通过无线电波，从田埂传送到
北京——地铁建国门换乘站
上班族的脚步和纵横铁器栅栏的边角
他的声音交汇在那里，碰撞反响
南方林间熟悉的布谷的叫鸣
也被听闻；我带着胞兄相似的长相
他的胃和本土方言在异地折腾
这平整的稻田纵横的沟渠
有着奇异的治愈怀乡病的功效
德沃夏克的 19 世纪的乡愁
从我的身心和 E 小调第九交响曲
庄严的和弦中透泄出来
这里，是我的乡愁的核心地带
混合祖辈骨灰的故土
我们跪拜着将母亲送往坟场
西边迁移的墓园消泯于田地
你们看不见了。通过词语
我持续着缓慢的归乡
这是我用汉字抚摸过的地方
获得的启示来自这片乡土
在此，受到了最初的教育
一个暂居者面向恒久稳定的田野
我带领你们，回访
我的出生地，在被犁铧翻耕
卷起泥土釉质光泽的田野
俯下身子，和田垄处在同一平面
忽然，母亲的身影飘移过来

布满皱褶的土色的脸和忧戚

在水底

1
长江客轮的灯柱交叉打亮巴东码头
低头背负竹篓的山民。青石板台阶

延伸至一家杂货店面灯光的残余

夜里进入你的城；山峦江水间的睡眠
暗中，我们在叫唤你的名字

2
你们把秋日的门窗打开
连同矩形客厅所有的灯盏

你的父亲跟不速的来客酌酒
母亲送上两杯本地高山绿茶

多年后，这些往事冒现出来
在三峡大坝，与人指指点点的远望中

3
你的出生地，被迫撤离的老城
父亲的房子；我们出门散步的操场

青石板的巷道。汽笛声声
那晚你父亲酒意散逸的笑语

酿酒的作坊，民俗与城西的寺庙
统统沉没在阴绿的江水下面

4

你送我们到巴东码头。当我们登上
川江轮船回返，捧着用桐树叶

包裹蒸制冒着热气的苞面粑粑

带着你的手温，晨光中递送
到我们怀里（浮现又退隐）

那年到荆江去产卵的江鲟
下游或洄流，受阻于钢筋混凝土的

拦截；吼着号子缓行乱石间的纤夫
你的老巴东，童年的桐树

剪辑的天空。无法回返
母亲般的老城；死水隐埋的乡愁

5

你带来巴东家乡的苞谷酒
你的语音隐藏着那片山水的
韵脚。多年后当我们在桂子山

重见，你向我们迎来

那个捧着桐树叶包裹面粑的少女
带来了家乡自酿的苞谷酒
和真纯的礼仪

"你们去散步吧，门为你们敞开。"
你死去多年的父亲的声音

从江水下面涌现又消隐于那片水域

6
东四胡同。在办公室他伏案写信
回答她的提问，整幢楼阒寂无声

他要倾尽所有，通过汉字传达

那不是叙述的诗学，里面掺和
桐叶苞粑的香气与感念

写诗就是打捞。你不沉湎
它就在水里，不见天日
（我们下沉到水下的世界吧）

尝尝你送来的用桐树叶包裹，放在
祖传的蒸笼蒸熟的带有复合香气的
苞谷粑粑——在那艘永别的江轮上

7
长江豪华客轮，象征性地停在
阴绿的死水般的江面

你的父母不再乘坐前往黄石港那艘油轮
母亲老城的地形，记忆里的声响和气味

无法回返的地址，县志和民俗
我们的故土，无法承载的依恋
恐惧有如阴绿的江水

死亡的水域下面的我们逝去的日子

流逝的日常，每天会增厚一层
我们不去探测、打捞

它们就湮没无闻（又听见你的声音）
那从水底挣脱浮现的面影
从缠绕的水中移置出水面

8
无声无息的我们，活在世上
死者被回忆照现出水的幽暗

我在叫唤，隔着层层的冷水
从客厅照射窗前树丛的光线

你的回答。母亲般的城镇
父亲散逸酒气的声音，重现视听

"大门为你们打开，你们去散步吧"

临时生

/ 张敏华

跟着你

——给父亲

　　因粒子植入术，你穿上
十多斤重的防辐射背心，身体
像一棵渐渐枯黄的草。
下了一夜的梅雨，测试你
对胸痛的耐心。
而我躺在你身边，却感觉
没有自己的身体。

　　远处的山峦多么像你的脉象，
我知道你是孤独的，
山也是孤独的，
但两种孤独合在一起，
彼此就不再孤独。

　　你穿着我曾经穿过的外套，
从你身上我看到了二十七年后的自己。

时间出卖我们，但无论你
以后去了哪里，我都会跟着你——
重逢，我们仍然是一对
肩并肩的父子。

看海

"那天我们匆忙看完寺院，
就急着去千步沙看海。"
提着鞋光着脚走在沙滩上，
一群海鸟向我们飞来，又突然
掉转头——
一张放大的海景照片，礁石
被潮水打湿，
天空有太多的抓痕。

海浩瀚，我们眺望许久，
仿佛昨天不存在，今天也不存在，
明天将遭遇不测——
浑身乏力，失落哀伤，
用舌尖抵住自己的牙齿。
这个星期天的黄昏，曾被如此
深爱过的大海，
——我们硕大、呼吸的胸肺。

临时生

意外地诞生，长大，伸直脖子，
在镜子里衰老。

试图摆脱自身，又从自身中分离，
只剩下一颗不归之心。

风抛下一张网，又像猫
抓挠着这尘世。

临时生，临时死，仿佛整个宇宙，
一粒尘埃，无边无际——

渴望

曾经的渴望消散殆尽，
一阵冷风袭来，我抖擞着醒来——
绕不过时间的悲悯。

我曾经拥有的紫砂壶
将黑夜打碎，碎片埋伏在四周，
像我的一堆渴望。

这世界没有什么屈服于我，
就这样活着，像碎片，已看不到火焰，
但比火焰强悍。
——这致命的，渴望。

附体

长兴外岗村，山风敞开胸怀，
一个中年男人被一个男孩附体——
他舔舔嘴唇，用手摸着
童年时留在额头上的伤疤。

池塘边，他教男孩削水片，
扔出去的瓦片，一波波惊现
人生的密码。

在山路尽头，他取下胸前的玉佛，
把它挂在男孩胸前——
第二天拂晓，他醒来发现
玉佛仍挂在他的胸前。

风沉默了

惊呆的日子，
一群狗狂风般从你面前经过，
催生恐惧的窟窿。

也许已经胆怯，双唇翕动着怎样的
不安，你身后的蛛网，
焦虑，蛛网上的蜘蛛？

突然间，风沉默了——
你举起双手，松开手指，又突然
握紧拳头。

晚年

他坐在一把旧藤椅上，
翻找着字典中孤僻的生词。
冬天的阳光格外温暖，
记忆松弛了。
"时间差点要了我的命。"
他喃喃低语："这里——
距离生死还有多远？"
他依然恋爱，写作，旅游
——回春之力来自自然。
他不停地喝着茶水，

渴望在体内，有一座茶园，
有一个湖泊。但现在
他吞下一粒止痛片
咬紧牙疼的腮帮，转过身来。

（选自《广西文学》2020 年第 3 期）

岩石之眼

/ 唐力

夜航

我们的船在夜色中航行
左岸迷离的灯火，装饰了谁的睡眠
一幢又一幢的高楼，一格一格的灯火——
那些闪亮的抽屉
贮存着谁发光的灵魂？

啊，这暗夜的宝石
需要小心看护，它将照亮
群星的沉默和
我们的命运

灯火的交谈

岸上的灯火，它们在交谈
它们在讨论什么？

我们的船，撕开河流的沉默

波浪翻滚如话语
露出时间小小的间隙

灯火插话进来——光线中掺进了斑斓的梦想

细雨

我们的船航行在夜色的表面
在强烈的光柱下——

细雨淅沥，水滴在空中闪烁，
像细碎的灵魂飞舞

我的灵魂也想加入它们，但我已经
丢失了闪光的羽毛

热爱

满载着一船的歌声与笑声
走进夜晚至深
酒瓶已经醉得东倒西歪
我们在讨论爱情时我们在讨论什么？
仿佛我们已经不配拥有悲伤

侧身向船外看去
岸上的灯火与水下的灯火，连起一片
真实与虚幻混为一体
如同我们的人生

呵，大地灿如天堂——

我要准备足够多的热情，将它们细细热爱

声音

我听到声音
在岩石的眼眶里
轻灵如烟，刚刚还衔在神的眼角
甘美如果实，在心灵的贡桌

浑圆如落日，刚刚走下天空的阶梯

雨后之笋

声音孕育声音
声音在生长，发芽
从泥地里
嘟噜向外冒

远处：雨后的笋子，在沉默中破土而出
每一株都是还未长大的佛

——它带来最初的善念和最后的审视

庙

庙：岩石中的殿堂
声音的殿堂，雨点和风的殿堂

磕头的长者直起身
身体里，滚落下一地的经声

石阶上的雨滴

石阶上
两滴雨水，像两个光头的小沙弥

牵着手
蹦跳着，一路小跑下去——人间

竹

经声过处：百里竹海都是道场
云朵打开虚无的天书
经声过处：每一株竹子都是肃立的香客
手捧住锈迹斑斑灵魂

有人

有人举起蚂蚁的手臂，搬运重于大象的欲望
有人去大海里取火，一趟趟无功而返
有人在空中遗失自己的身体
有人竹篮打水，用一生搬运空无

只有四位僧人，不为所动
用袅绕的经声，搬运空中的神灵

水里月

水里有月，风里有烟
伤口中有痛苦和盐，生活中有一团乱麻
雨珠里有泪珠，竹子里有孤独

我和他站立着，像两句偈语

歌唱

穿过木鱼，拆散声音，让其浮于大千之中
穿过经卷，拆散文字，让其化于微毫之中
四个人歌唱：
声音非声，吟诵非吟
一种气息，一种另外的无处不在的呼吸
在心灵的交叉处，留下神圣的空白

聆听者垂手而立
——声音，在耳朵里建筑寺庙

雨滴

菩萨在后，沉默如涌

远处：几滴雨水像几个虔诚的香客
跪于尘埃

阅读

我阅读你的身体，从空间到空间
从无到无，在一条隧道里，从幽深到幽深
四壁挂满了声音
仿佛归来的湿漉漉的船桨
它的颤动，它的滴沥，被我捕捉，被我倾听

我将抵达，一个内部的湖泊
每一次，胃部的蠕动，都是生命的嘘息
每一次，黏膜微小的叛变
都是命运的暗示

我得以窥探、领会、记录——
啊，秘密中的秘密
对于纷繁，我报以复眼的凝视
对于混乱，我赋予沉静的秩序

我在你内部，阅读你的身体
我用无数的影像叠加你，重建你，发现你
——一个完整的你、一个局部的你
你将认识你自己
从疼痛到疼痛、从隐秘到隐秘
你的损伤，你的疾病，都将一览无遗——

我的阅读从你开始，却不会因你而终止
我将创造你，让你成为另一个自己

（选自《草原》2020 年第 2 期）

白云出城

/ 陈小三

喜马拉雅运动

村里的牦牛退到了山脚
藏北的野牦牛逼近雪线

拉萨小檗叶如红纸
野丁香枯黑，泪痣般的枸子
刺玫之刺苦若焦糖
我辨认着风的颜色
仍在周末爬到半山

悬崖上，阿尼的白云之路
步入寂静的尘土
修行小屋是一块石头
门窗紧闭，门前的独活
拆除了倒伞形的花伞
撒下明年的种子，我身边
伟大的玛尼堆是三块石头
的造山运动

与一个地质年代名词相互辨认：
新生代第四纪全新世，人类世
辨认山顶的一只鸟：飞机里
装着下山换季的游客
天葬台上方，一只鹰鹫向我俯冲
索取它的前世：恐龙灭绝的那一天
前足化作翅膀飞上了蓝天

白云出城

正午，地球停止转动
脚跟后坐，牢牢地钉在地上
它与烈日在顶牛

在拔河，裸露的喜马拉雅群山
没人对爬坡的我叫一声
嘿，你身后有一群牦牛

直到一阵清风
把我从昏沉中唤醒
眼前白云耸立
在西边的山梁
投下巨大的阴影
更多白云翻越山梁出了城
公交车永远在城里打转
啊，那清风来自山顶寺庙旁的
一棵树

杀柚与羊

中秋节，妻子买了个大柚子

福建政和柚，圆润饱满

坐在桌上如一尊金黄的菩萨

我没有杀过鸡鸭，杀柚

也非我的惯用语（我说剥柚）

但我操刀，在它浑圆的身上

从头到脚，划下交叉的十字

"柚子甜蜜，并且善良"

昨天，妻子又说，天气越来越冷了

哪天去清真寺那买条羊腿回来

我说好啊——我又杀了羊，杀了

羊的咩咩声——因为同时我心里

涌上了那个洋洋得意的句式

那一句颂词：羊肉味美，并且善良

打水

从色拉寺后山打水回来

灌木丛中的沙路沙沙沙

仿佛通向大海的海拔 0

秋风吹着脚趾，我的沙滩鞋

应该换季登山鞋了

接着是 325 级石级

双手中结实的泉水使我平衡

但数数一再错多对少

注视石头上的绿度母

天蓝的药师佛和怒相护法

"度一切苦难病痛无明"

上山时我两手空空错少对多

那个赶墟归来为我们兄弟姐妹带回甘蔗的人不在了

黄昏，我在村口等待的那个人

赶墟归来带回盐、灯油和甘蔗的父亲
一小截甘蔗，母亲用菜刀将它分为六片

三月，我们送他上山
回到他空出来的堂屋上厅里
雨后明亮的阳光从天井照下来
叔婆、兄弟姐妹、姐夫、妯娌
和孩子们挤成两排照相
孩子们在他的新坟周围
密密地种下了黄豆

父与子

我握着父亲的手
看着父亲停止呼吸
另一只手贴在他的额头上
感受着他的余温
默默站着——叔婆跨进房间
惊呼，不好了
你不知道你的父亲去了啊
我知道，知道的，叔婆
—— 也是对闻声赶来的大哥说
二哥去拆门板
在堂屋搭起灵堂
我收回双手紧握成拳
这就是一个儿子最后所做的
两手空空紧握成拳
击打，一月冰冷的空气
躬身站着，头抵穿过窗棂的晨光
父亲终究不假外求
轻轻吹熄了油灯，但不再起床
这非父亲之意，依他的性格

他甚至愿意自己收拾自己的遗体

神迹：仓央嘉措情诗最后一首

脚印留在雪地上
他未行神迹
被诏执京师
离开拉萨，踏上风雪之途
他未行神迹
他死于青海湖边
未行神迹
他在最后一首诗里
祈求一只野鹤借给他翅膀
到理塘转转就回
在拉萨的一个酒桌上
我听人高唱过这首诗
酒神附体使他的面容晦涩
去了转世的理塘，大汗淋漓

（选自《汉诗》2019 年第 4 卷）

幽暗之杯

/ 贾冬阳

微微的

天黑了

鸟还没有飞回来

路边水果店

已经亮起了灯

有一群人

在灯光下打牌

汽车在不远的地方

开过去

我听见汽车开走的声音

也听见打牌的声音

关上门

回到屋子里

把耳朵贴在玻璃上

能感觉到一些

微微的震颤

扑火

中间是个半截的铁皮汽油桶

桶里有火
他们坐在四周
喝啤酒
唱歌
其中一个
呜呜咽咽地
吹口琴

四周实在太黑

在这秋天的夜晚
火光里飞着
不少长透明翅膀的虫子
偶尔有掉下去的

暴雨将至

在夏日与秋天的交界处
走进友人的老屋
仿佛走进一个老人
斑驳的梦境
在竹椅上坐下，我们谈论诗歌
摄影、寒池和梅子酒
诸多琐碎日常

孩子们很忙
他们在院子里
挥舞竹竿
争抢莲蓬和青枣
搜索猫的踪迹
心疼即将变成晚餐的白鱼

他们关心的事情那么多

他们不关心的事情也那么多

比如枣子尚未成熟

荷叶已然凋零

黄昏的溪流

顺流而下

随意翻动脚下的石头

溪水打着旋

卷走的

不只细小的沙粒

2017年夏天的一个黄昏

风从左岸吹来

右岸的鸟鸣忽近忽远

这黄昏的溪流

又冷又清

它将把我们带往何处？

在磅礴暮色中

谁如远行客

谁是迷途人

有游艇的港口

码头上停着许多船

有大船

也有小船

大船那么大

小船

又那么小

有的船上人很多

比如我们乘的这艘

北部湾三号

很多人站在甲板上

有的，连个人影也看不见

还有一些船

它们在遥远的海上

远得只能隐约看见一点颜色

而近的

除了船上粗大的绳索

还能看见一个人

正往海里倒一桶水

台风及其他

从橘黄色的收音机里

传来台风的消息

这会儿是晚饭时间

有鱼和青菜

风暴从海上来

长途奔袭（带来大量雨水和

彻夜不眠）

改变天空的颜色

树木的姿势

和岛屿的形状

最终将消散在陆地深处

变成一朵云？

几天来

我反复翻阅《神谱》

和《劳作与时日》

两册薄薄的古代诗篇

看样子

夏天即将过去

外面已经吹起了秋风

幽暗之杯

曾有多少古人

和我们一样

在黄昏的芭蕉树下静坐

等炉上的水沸

等一壶好茶

将自己倾空

接纳山林幽谷的馈赠

透过蕉叶

与蕉叶之间的缝隙

往事与夕阳

在杯中

投下澹澹光影

一杯在手

扰攘退却

身前身后

唯有无边的喜悦

与寂静

只是黄昏的欢娱之杯如此微小

转眼盛满幽暗

草原第一

整夜，火都未熄

有人不断向火上

添树枝或草叶

这样的东西

谁在谈论有无、生死

谈论喜悦和忧伤

寂静与吹拂？

星光高远

火焰明灭

我一直看不清

太远的地方

却能听见

一些细小的声音

不断沿着河岸

飘过鱼竿、草地

帐篷

我和火焰

草原第二

酩酊的人

仰面睡着了

半醉的人

还在断断续续地唱

说不上是沧桑

还是辽阔

离开篝火

我去看

白天里

那条窄窄的

河流

草原迷蒙

星光格外临近

（选自《汉诗》2019年第4卷）

狐狸的眼泪

/ 瑠歌

我穿过布鲁克林的废墟

一面死墙
圣母玛利亚在哭泣

有人用白粉笔
在她的怀里
画上了火柴人

内脏

O 先生
有一串复杂的德文名字
他的曾祖父
从欧洲漂往新大陆

四十多天的
航行中
生病的表姐
被沉入大西洋

他们安置在了

肯塔基的小镇

美国的内脏

我漂泊在外

无法触及的地方

他们酿造的威士忌

灼烧喉咙

盛夏

农民倒在阴凉地呻吟

白鸡在院子里

奔跑

从联合车站到圣杯蒂诺的火车

在广阔的南加州

车库和阳台的躺椅

是美国人的教堂和庄园

车上的客人们

和摇曳的棕榈树

夕阳下

打着鼾

桥洞下

一个白人老头

守着他的银色睡洞

和一面飘动的国旗

狐狸的眼泪

村里的孩子

抓着狐狸的尾巴

农夫说

好样的，小子

赏给他一分钱硬币

夜深了

农夫拿着猎枪走出大门

稻草间的狐狸

一生第一次见到枪眼

流出了眼泪

狐狸一生犯下许多罪孽

死后

它的尾巴变成

女人的围巾

候鸟

车站前的

小饭馆里坐着

众多男人

他点了

一碟肉包

浇上一盘辣椒油和醋

又往米粥里洒满了咸菜

突然凝望着

电视机上

闪烁着民国的

爱恨情仇

他的心在刀光剑影的年代
肉身爱上军阀的掌上明珠

他背着行李走向车站
列车北上
在两个灰色的城镇之间往返

83 号公路

白雾缭绕
一池水
变成茫茫大海

加油站里
播放着乡村爵士
腼腆的店员
一个来自郊区的胖男孩
哦，这就是五十年代

走出门
天深了
卡车驶过
世界的尽头

海霞

海与天之间的
粉红
是
极乐宫
神仙
嬉戏的场所

小镇上的街市
千年如一日

曾有人出航
离开镇民的视线后
被巨浪
没入海底

轮回

我们那儿的农民
管这叫玉米糊糊
干完活儿后
蹲在地上
滚烫一大碗
有人五十多岁
患上食道癌
不出数月
病死在省会医院
黄土高原上
数代人的
宿命
年幼的手臂
被玉米棒子的叶片划出血道
在太阳下
毒烤
于是一生发誓把它熬烂
咽下胃里

（选自《诗潮》2020 年第 4 期）

无聊斋笔记

/ 金铃子

气味

> 每次我走向鱼池
> 远远的就听到鱼群鸟兽散开的声音，乌龟也一样
> 我问母亲，你去它们跑吗？她说，不
>
> 多恐怖啊。我有暴力的、邪恶的、欲望的气味
> 我这个真小人，有不可告人的气味

母亲的鸟

> 那只从鸟笼里逃跑的鸟，常常回来
> 对笼子里另外一只鸟说树木、粮食、虫子
> 或许在说曾经
> 不太能肯定，因为我听不懂鸟语
> 唯一可以肯定的是
> 母亲去翠云市场，又买了一只鸟回来
> 那只逃跑的鸟，再也没有来过

这些年啊

这些年，身边走过
面如春风、体似秋月的女人
也走过功德无边
有了蝗虫，求求他，蝗虫就飞
无雨，求求他，雨就来的男人
有养老虎的，养蟑螂的
养珠子的，养菩萨的亲戚
这些年，就算山居，行走江湖
也有点喜乐排场
看见不平事，也是睁一只眼睛
有心的装个无心的

这些年啊，有爱也不曾娇滴滴
有恨也不曾悲切切

三重奏

猫大叫一声，桂子就落尽了
那些深情一路的人，走到半路，就消失了

猫大笑一声，无聊斋的李子花就开了一半
开得胆战心惊，覆水难收

猫大嚎一声，《金刚经》里的菩萨就翻身坐起
作诗一首：微苦。微苦。微苦

它们一只对另外一只吼叫

它们一只对另外一只吼叫
或者像着了魔似的呆住，本初，觉醒

辛巴和莫言，两只猫咪
妩媚细长的眼睛，迎着春风歌唱

像两个诗人，因歌唱而四处游荡
因游荡而孤立。因孤立而轻松

有清风明月

无聊斋有番茄、桃子、石榴、柠檬
四季豆、丝瓜、南瓜、无花果
无聊斋有美人鱼、乌龟、蝴蝶和蟑螂
老鼠和猫
有捉妖的葫芦……

有梅花两棵，等花一开，我就去看
一看就是一个冬天
有桃花两棵，等花一开，我就去看
一看就是一个春天
有石榴两棵，等花一开，我就去看
一看就是一个夏天

无聊斋有清风明月，常常对影成三人

想起洪烛

去年二月，在山西开会
我问洪烛，"结婚了吧。"
他说，"会遇见的，每个人都会遇见
我的美人迟一些。"
现在，他躺在病床上，几个月昏迷不醒
他的美人一直没有来
这尘世，总有一个人等不到另一个人

总有一个人走到冬天
另一个人还在春天，没有动身

理由

他蜷缩在沙发上沉睡
他和我说话，一脸疲惫
这个一直不老的
处女座男人
我终于看到，他的白发和皱纹
不修的边幅
在石桥铺殡仪馆，他告别了他的父亲
那么多告别室
有送母亲的，女儿的，儿子的
今天，告别的不是父亲就是儿子
不是母亲就是女儿

他送我下电梯
轻轻地拥抱了我，说谢谢
我沉默，不知道说什么可以安慰
一个失去父亲的男人
回家的路，昏暗而漫长，雨
明天，我将告别所有人
告别我
一个母亲，一个女儿
没有道路，没有雨，不再回来

其实，我应该说一句
我爱你
这告别的人生
或许，这是我爱的理由

该爱的都已爱过了

该爱的都已爱过了
不该爱的，也给他们立了牌坊
恨的？
得在心里默算一阵
我这短暂的几十年，罪大于恨
痛大于罪
世界越来越陌生
莫名的悲哀常常侵袭我的颈椎
椎体、椎弓
它们不再灵活，不再愿意
为我负重
该安静了
该把这七根椎骨捏成团儿
揉成七根镇钉
钉棺者敲击一声
我在里面，号啕一声

（选自《草堂》2020 年第 4 期）

鲸鱼

/ 刘郎

鲸鱼

昨晚一只鲸鱼游进了我的房间
我没有惊讶
我知道它会来的
当它从屋角天花板的孔洞中探出头来
我就看见了它
我望着它的眼睛，它也望着我的
我想对它说些什么
还没有说出口，它就已经理解了
因此我们什么话都不用说
巨大的安静包围着我们
那种安静是世界上所有的事物
都睡着了之后的安静
它后来从天花板上游了下来
它像我一样，躺在了我的床上
它甚至做出了和我同样的姿势躺在那里
我们看着对方，一整夜没有睡觉
没有人知道我们其实

在内心一直也在进行着交流
那种感觉好极了
我们都在表达着自己
但我们不用语言，不用文学
不用电影，也不用军队和宗教
我们呼吸着对方
不用手也在抚慰着对方也替对方擦着眼泪

蓝鼠

天花板数到第四块
有一个洞
曾经可能有一只老鼠
在那洞里出没
那洞可能就是那只老鼠
在什么时候挖出来的
你没有觉察
现在那洞看起来已经
被老鼠放弃了
只剩下空无
现在在你睡着了的时候
经常会有一些空无
从那洞里走出来
被你感受到了
然后被你捉住，保留住
拥抱着，同它说话
也给它爱，喂养它
你以为你抱紧它了
你在梦中翻身
双臂还死死地抱着
而事实上它像天空一样
什么也没有，除了蓝

但那些蓝只存在于
高远的我们无法触摸的地方
你最终抱着的
只是自己的两条手臂
但你在梦中遇到的
每一只老鼠
都可能带有空无，还带有蓝

那些光

还是那些光，
你还是躺在你曾经躺的地方，
你没有说话，
那些光，包括月亮的光，
星星的光，
包括河岸边淤泥的光，
包括在远处两种重物相撞，
那声音的光，
包括院子里种在泡沫箱中的红薯，
开出的紫红色的光，
包括某一日的早晨你听到的，
好听的鸟叫，
现在被你重新想起，
那回忆的光……
是它们在说话，
是它们用它们的光发出声音，
用它们的光，召唤着你，
让你在这一夜，也在很多个夜，
让你感觉你躺在床上的身体，
已经不属于你了，
它在慢慢回应着它们，
它也发出了类似于它们的光来。

在我

在我抬头看月亮的时候
或者我什么也不看
它们也是会出现在那里
它们有自己的树枝和树叶
有些树枝枯死掉了
但还坚持长在树的身体上
像一个孩子死掉了
把自己埋在了妈妈的肚子里
树叶很绿，是一种
让人一看见就会
认出它们是树叶的那种绿
也有一些发黄的树叶
落到了地上
我不注意差点用脚踩到一片
但我没有听到它发出任何惊呼
我不确定它是不是在我来到
这里之前，就已经死了
但我希望它没有
我希望它只是在等着那阵
把它吹落的风
再次把它吹回到树上去
而那些树，枝叶展开
似也在做着重新接纳它的准备
有时候我会忽略掉
但在内心却没有办法回避
在月亮和我之间
有几棵树，真实地活着

如果

如果把所有的月光
都收拢成像手电筒那样的一束
那时候月亮就像是一把枪
就可以被一只巨大的手拿着
他可能瞄准的是整个地球
但每一个人还是会觉得
那枪口只是在对着自己
特别是在这样的一个夜晚：
他喝醉了，和几个朋友
在酒桌上他讲着自己的故事
然后他假装着
每一个人都在认真地倾听
并且都点头表示理解了他
但当酒席散了
他在没有人的人行道上走着
天上只有一个月亮照着他
他渐渐感到
之前的一切都是一种幻觉
只有月光是真实的
只有月光在不断地击穿他的身体

躺在

躺在一张凉席上，在你开始睡着之前
你启动它飞了起来
那不是所罗门的飞毯，那是中国的
用竹子编制成的凉席
躺在上面时间长了能让你的整个后背
变成一面装修好的墙
或者是一扇拉上帘子的门

但现在它就是你的出行的工具
你不用开口给它任何指令
你想要升高一点的时候
就在心里想一想月亮或者白云
它就会朝着高处飞去
而你能够启动它的唯一密码
是你必须在睡着之前保持清醒
所以这样的时候，你还具备理性
还有可靠的逻辑
还能正确地认识你所过的生活
所以你要明白，这是一个真实的世界
里的一个真实的夜晚
一张真实的可以飞的凉席
所以你不能依靠梦，也不能依靠想象

一只手

一只手按着开关
饮水机
咕噜咕噜冒出水来
一只指针指向凌晨两点的
钟表的手
从饮水机里接出一杯水来
隔着虚空递给我
让我喝下去
它知道我渴了
走了那么远的路
跋涉着
现在终于到了一个人的中年
我原以为
它一直都应该是属于父亲的
现在一只手把它

从父亲那里接了过来
递给了我
一条狗在远处吠叫
虽然隔着很远的距离
但我知道
它一定是遇到了一个陌生人
现在那个陌生人
正一点一点向我走来
向我招手
向我问好
越来，越近
现在那个陌生人抱住我了
用那只刚刚从饮水机里接水的手
把我抱住
把我摁进了他的身体

（选自《诗歌月刊》2020 年第 4 期）

斜坡与庄园

/ 彭杰

荷尔德林的晚年

窗户很小
里面能看见下方的护城河
与远处暗色的山峦
晚饭过后，他躺在吊床上
那么多的尘埃，透过光线
一粒一粒地向他落下
广场上橡树结出果实又枯萎
走过去的人又会走回来
而他只想看着此刻的天空
就这样和晚霞慢慢地消散

夜晚的散步

冬天到了。我们把落叶扫进炉膛
粮食打好后运进地窖，把大红的灯笼
挂在高高的木架上。那是在三年前
马德明的母亲刚去世不久

我正在写一部长篇小说。
吃过晚饭后，如果没有人串门
马德明没有去镇上的铁厂加班
我们就去村外散步。沿着小路走下去
经过水光晦暗的湖泊，
一直到有树的地方。那里没有什么人
也没有什么灯，我们沿着月光
顺势攀往高处，成为那些
呜呜作响的手风琴，
在光秃秃的树枝上常常响到天亮。

大雨之夜

云层短暂的明亮过后，古柏树
感受到凉意与不安
便落了满地的叶子。行走在
水银中的少年

没有掌纹的陌生者之间
像隔着玻璃。醒来的人
变得越来越清晰
他打开窗户，直到
成为雨夜的边缘。

傍晚的静止

有时，风几乎是透明的。
坠落中的松果，也有短暂的失神
走过的女孩，嘴唇上细小的皱纹。两侧
向外扩张的街道
浪花般拍打玻璃橱窗，却没有声音。

他，醒来，在灰色的海岸
等待身体沥干的时刻，木床，书桌
与窗帘依次显现，细小转动的齿轮。
高空中的月亮，海螺般
再次被吹响，而内部空荡的钢琴声
低低垂下，一丛幽暗的灌木。

晚来有雪

远山在沉默中收集坠落的松果
桌上的月光有往事碎开的声音
想起雪没有下
雪中的人还没有披着蓑衣赶来
他便和衣睡了
那是一片流动的水
透出玻璃般的平静
他穿过眼睑下的黑暗
一直到白茫茫的地方
他想，雪并没有迟到
只是下在了梦里
这样想着，他也飘往了别处

刻漏

我总看见消失的人。你把信
递给我，又当着我的面
撕掉。旋转中，散开的绿皮火车
一些修剪过的花枝，台灯边围着阴暗。

而水线仍在上升，像虚弱
缓缓注入我的肉体。不打伞的死者们
还站在大雨中。他们想去往马路对面

但早已没有了路沿，也找不到斑马线。

低洼处

是晚来的桃花，鼓声渐亮
衣袋里揉搓的局促。
低矮的坡度，给予坠落的雨水
以放缓的空间。

穿花式地行走，牵扯众多角度
海潮呼喊体内隔绝的门户。
隔夜的螺丝已在松离，
像沉默打开冰川微弱的创口。

而呼吸中收拢的色彩
已被装裱于墙壁。你的嘴唇
上抵微微颤动的夜晚。该如何向你陈述？
雾中的枝条，正试图捕获低空的轨迹。

来临的一刻

他预知雨季将临
但并不为此悲伤
窗外布谷鸟的叫声，收集微弱的光斑
像他细密的遗愿
有人踮起脚，小心把挂钟取下
但黑暗中的雨水
仍在不停落下来，过程缓慢
如一个人的生命
却并不犹豫。
他看着它们消失在湖泊里、花丛中
与沉默的枝杈上

并不平静，也没有火花。

斜坡

有很少的立足点，能让杨树
晋升到水杉的高度。很小的风
重塑着湖边，木框里固定的春
鼓吹起玻璃模具的下午。

月球的耳语同样布满尘埃。
不可抗拒地进入，她有
从林的隐秘，与轻巧的旋涡。

精密的褶皱为语言赋格。他呼喊
他凝视拥有壁膜的漫游，宫殿沉积
让格律暂停的是新月的转身
接骨木不曾抵达却注满吹拂。

而纤弱的路径仍在搜寻答复。现在
她是被唤醒的木盒，或者倾斜的阁楼
当花丛在雾丝中体会着顺从。

庄园

曾被钟声凝视过的风景
将成为一座庄园。从橱柜
到落地窗，榆树枝小幅度转移
重新开始的布景。

遥远的人语，在经历多重空气的关卡后
变得紧凑。湖泊的唇部黯淡
她的复写中充斥着星阵的排布

是否在波形中，也暗伏着引力。

而会有人继承枝叶递来的夜晚
像荷叶，占有涟漪的边缘。
上楼梯的人
在烛光中获得潮汐的步履。

松枝坠地形成的空旷。
越来越小的视野，他肉体变幻
立身于翠绿的顶端，
如绵延了半个世纪的雨声。

（选自《十月》2020 年第 3 期）

辨灰

/ 毛焰

关于灵魂

请原谅我
经常把你给忘了
我身边的任何事物
都比你强
他们争先恐后
就是为了让我记住他们
你未必相信
但我和他们相得益彰
我如此轻视你
你却从来没认真想过
这是为什么

今天，傍晚的时候
我去看望一个朋友
在楼道迂回的缝隙里
远远地看到你

我挺喜欢这样的幻觉

我的朋友说：嗯，不错
听上去，你倒像个谦谦君子

冬眠者

我在沙发上睡着了
时间不长
嘎嘎躺在我的肚子上，他一定
比我睡得好
很难想象他柔软的脚掌下
完美的收敛着锋利的尖爪，或许
他只是佯装着睡着了呢
我确实短暂地睡着了
脑子里，掠过一些飘忽不定的梦
其中，我用自己白色的胡须
蹭着那几根细小孱弱的
兰草，像一个
游离在外的冬眠者
而我自己的爪子，遗忘在了某处

即景：一个片段

多么鲜嫩的一抹绿色
在古旧的老城小巷里穿行
她用两条黑色的丝袜作围巾
随身携带着自己的体香
仓促、别致的一种性感
广场上，一个流浪的小男孩
从后面追上来
轻轻牵住了她的手

她并没有嫌弃他
而是让他紧贴着自己
穿过那个硕大混乱的广场
像一对奇异的母子
小旦旦，你要放手了
我现在去警察局呢
那个小男孩立马叫着
漂亮妈妈，那我自己去玩了
他擦了擦鼻涕
一溜烟地就跑出了这个小屏幕

和自己说

总是有，喜欢自己待着的时候
喜欢和自己说话
一种便宜而隐秘的乐趣
甚至自身都难以察觉
毫无来由的零星碎语
或者，一段段的长篇累牍
有些事情，心里想想就自动消失了
那多半说出来没什么意思吧
而有的
它们会迫不及待地拽着
其中的一个你，要说个明白
你想躲开，为时晚矣
往往，两个自己
（可能附带衍生出别的聒噪者）
自顾自地辩解，这个说出
"愚蠢"，而那个则表示赞美
处于两极的观点在某时集于一身
倒不见得，就是一种
需要矫正的人格

也常常有短暂的，彻底漠然

无话可说的时候

对自己避之唯恐不及

像一个真正的哑巴，或一个盲者（应该向他们学习）

空洞

他意识到，此刻的时间

已经接近了某个尽头

之前的，一整段行程就要告一段落

他本以为

自己期许的将如约而至

为此，他特意告别了另一番景象

那匹去而复返的赤兔马

那本彰显魔力的辞典

以及那位千里迢迢而来的炼金师

他只能将自己的愿望

不断地缩减，缩减到

一幅袖珍般大小的图画

一段比俳句略长的诗句

一个类似"不知不觉"

模糊的词语，缩减到

一个"空"的字

在不知不觉中，他睡着了

和那只猫一起

他梦到自己，一路上收获颇丰

事无巨细，并没觉得有任何的缺失

辨灰

不能轻易答应

那些自己没想明白

或做不了的事
哪怕是看上去举手之劳的小事
也有它不可估摸的
神秘的分量
比如灰尘，有什么分量可言
清除它们
似乎不费吹灰之力
这恰恰是庸人所为，或许
你还没弄明白
它们自然的归宿
———种关联之物
亦如我们自身
前世今生，盘根错节
一种渊源，积怨般的深厚

妈妈的电话

热闹的景象不见了
是听不见了。现在这里
变得那样的安静
妈妈在的时候，或许是因为她
爱开玩笑，好动的性格
（这点我完全像她）
她和朋友们打电话，一高兴就忘了
她的声音经常能穿墙而过
尤其是她开心的笑声
如今，我上午的时候睡得很好
只是偶尔在梦里
或是一种想念的错觉中
能隐约听到她的声音
有些语气、内容以及说话的频率
还有她说话时的心情

似乎还蛰伏在这个屋子里

有时候，一恍惚的工夫

她会给我打一个电话

说已经到哪儿哪儿了，让我们不用担心

一个神秘的东西

脑子被什么东西困扰了一下

转念就忘了

肯定不是个要紧的事

当时，我既没当回事，也没接着细想

或许正因如此

那个玩意便时不时地冒个泡

似乎要引起我的在意

于是，我一次又一次地跟着那些泡泡

想要找到它

看看究竟是什么

奇怪了，它就像个世外高人

每当我快接近的时候

它总是一掠而过，然后就没了踪影

直到现在（这是很久以前的事了）

它还是会偶尔地冒个泡

我已习惯了它那一套

早就不急于这一时半会了

我安心地等着它——那个东西

突然的某一刻，自己蹦出来，兴许有什么让

我恍然大悟呢

在门口

屋子里有点闷热

（现在开空调似乎太早）

我索性就去门口待一会

我拿了一个软和的坐垫，带了杯茶

坐在楼梯上，吹吹风

像一个行经至此疲累的游人

借此宝地一坐

我也愿意，想象一下

从前的日子（我们什么也没有）

去探望一位朋友，他人不在

往往在他家的门口

找个舒适的地方坐下

耐心等候，那个时候

我们能见上面就是一份额外的惊喜

善意

是什么使你的心情

如此糟糕透顶

只有你自己

知道缘由

也许，你不能说

（有些人想知道）

你也不能因此

而怪罪于眼前的那些景物

看到你伤心的样子

它们只会比平时更加的缄默

你应该能够感受到

它们天生的善意，天生的美德

杀戒

钟声响起

你便不能杀了此人

更何况，此刻

这里并无什么古刹

那个庄重的钟声

除了你，旁人也听不到

或许，你正感到纳闷

从自己的心里

怎么能够传出来这样的钟声

无题

她说：等你

他说：等你有空。从那以后

他生怕错过了什么

他分辨率极高的眼睛

他比狗还灵敏的嗅觉

他的耳朵，就那么一直竖着

——想到，能听到她轻嘘的气息

他的舌头，打了好几个结

他的手指，似乎就如

卡瓦菲斯说的那样，早已

炼就了古希腊雕像般完美的塑造力

（选自《读诗》2019年第4卷）

《楚歌》诗选

/ 刘年

邀请函

明日最好，溪谷樱花盛极
虽仅一树，但姿态绝美

七日亦可，可赏花落
切莫再迟，樱花落尽，吾将远行

七行

以太行山脉开头，阴山山脉
贺兰山脉，祁连山脉，天山山脉，昆仑山脉
以冈底斯山脉的冈仁波齐圣山结尾
共七行

贺兰山脉最短，昆仑山脉最长
塔克拉玛干沙漠，是33万平方公里的留白

昆仑和天山之间，累极的行者，和衣而卧
因此多出一行

买盐记

　　走出门，想了想
　　返身回去
　　把煮冬瓜的火关了
　　超市隔着两条街
　　对于回来
　　我没有绝对的信心

悬崖歌

　　多少年了，悬崖始终没有退让

　　只有胆小的岩羊，认为悬崖是最安全的
　　只有对面的悬崖，理解悬崖

　　望着人潮人海的深渊，我是座一米六三的悬崖

　　你的脸颊
　　亦有陡峭之美

离别辞

　　 白岩寺空着两亩水，你若去了，请种上藕

　　我会经常来
　　有时看你，有时看莲

　　我不带琴来，雨水那么多；我不带伞来，莲叶那么大

在昆仑山上的致辞

海拔 5566 米，我站的地方，比主席台都要高
请安静下来，我想说四点
一、不必那么大，那么多，那么新，那么快
二、我们最需要的是忏悔和审美
三、我们把手机显示屏，当成了苍天
四、被我们遗弃的苍天，被昆仑山苦苦支撑着

英雄

西西弗斯，推着石头，反复地推
无休无止地推

屎壳郎，一生都要推粪球
要到顶了，又滚了下去
同时滚下去的，还有黄土高原的落日

五十七岁的秦大娘，每天推着儿子，去朝阳医院

雕塑

雕塑家出了车祸
受害最深的
除了老年痴呆的母亲
还有那块大理石
作为一块石头，它已经不完整
但又没有完全变成一个勇士
于是，草坪上，总有一个人形的东西
在石头里挣扎

黄河颂

源头的庙里，只有一个喇嘛
每次捡牛粪，都会搂起袈裟，赤脚蹚过黄河

低头饮水的牦牛
角，一致指向巴颜喀拉雪山

星宿海的藏女，有时，会舀起鱼，有时，会舀起一些星星
鱼倒回水里，星星装进木桶，背回帐篷

王村

过些年，我会回到王村的后山
种一厢辣椒，一厢浆果，一厢韭菜
喜欢土地的诚实，锄头的简单，四季的守信
累了，就去石崖上坐一坐
那里可以看到深青的酉水

我会迎风流泪
有时候，是因为吃了生椒
有时候，是因为看久了落日
有一次，是因为看到你，提着拉杆箱
下了船，在码头上问路

铁链歌

我拖着一条铁链在街上走，像拖着一条响尾蛇

我拖着一条铁链在街上走
买药付钱的时候，就放在门外，不用拴
我们彼此信任，我们相依为命

我拖着一条铁链在街上走

有根脱落的、系横幅的塑料绳，缠住它不放

懒得去解，我使劲拉，拔河一样地拉

相信它环环相扣的严谨，相信自己真理在握的力量

我拖着一条铁链在街上走，后面跟来了一条狗

小麦歌

想念小麦了，想念麦浪推动的云朵和天山

想念麦浪淹没的小路和裙裾

总是这样，在湘西，想念倔强的小麦

在大西北，又想念谦卑的水稻

在酉水岸，想念荒凉和高寒

在阿尔金山上，又会想念老家的渡口和渡船

想念，像水和食物一样，滋养着我的生命

荒原歌

蚂蚁在一分钟后，长成了红岩大货车，呼啸而来

又会在一分钟后，缩成蚂蚁，钻进黄沙

一根白发，不到两小时，就长成了昆仑山脉

两小时后，昆仑山脉又缩成一根白发，被风吹走了

在茫崖沙漠，我变成了赤身的皇帝

二十公里的斜阳，是丝质的晚礼服

沙尘暴过后，又从皇帝溃败成了一个小男孩

找不到玩具，找不到钥匙，找不到姐姐，找不到父亲

还好，落日能承受泪眼，荒原能承受落日

白云歌

不害怕雷电，我害怕静静的天
不喜欢殿堂，我喜欢青草、白雪与荒原

季节梳理人间的秩序
死亡让生命如此壮丽

爱自由，爱自然，爱水风流动的衣裙
不爱的人，我赠她以黄金，爱的人，我赠她以白云

（选自刘年诗集《楚歌》，中国青年出版社 2020 年 1 月版）

《桑多镇》诗选

/ 扎西才让

晚归者

晚归的人低头赶路，
他身披袈裟，面色凝重，脚步沉重。

山顶一轮冷色的白眸，
山下一片被丈量着的银光。

他的身后，是越撇越远的雪线，
前头，是七情六欲，丰硕而空虚，转眼就消逝。

我起身前往郎木寺的那天，听说
桑多镇的喇嘛仁青，圆寂于返乡的路上。

他的身上落着一层深秋的清霜。
有人说，他只是过早地完成了他的梦想。

改变

桑多河畔，每出生一个人，

河水就会漫上沙滩，风就会把野草吹低。
桑多镇的历史，就被生者改写那么一点点。

桑多河畔，每死去一个人，
河水就会漫上沙滩，风就会把野草吹低。
桑多镇的历史，就被死者改写那么一点点。

桑多河畔，每出走一个人，
河水就会长久地叹息，风就会花四个季节，
把千种不安，吹进桑多镇人的心里。

而小镇的历史，早就被那么多的生者和死者
改变得面目全非。出走又返回的人，
你已不能再次改变这里的一草一木了。

回寒

档案馆的抽屉里，搁着一本有关桑多的志书，
翻开第三百六十五页，有人在纸上絮絮叨叨：

花刚刚含苞就突然凋零，河水流去又折了回来，
那个离开许久的人，突然回来了。

家族的后人回来了，他复仇的决心，又回来了。
桑多河畔，人们淡忘了的血腥往事，又被翻开了。

那些血腥往事，开始改写了。撰写镇志的书记官，
也从棺材里出来，一袭缟衣，坐在柏木桌旁。

熟悉的时代回来了，陌生的事件发生了。啊呀呀
我们的书记官哪，让人厌倦的历史，就别记载了！

黑羊羔

黎明，似乎只属于此时的黑羊羔，
它依偎着母亲，身后，是五月深远的
草地，和油彩般绚丽的天空。

或许，在广袤宁静的牧场上，
世界原本就是这么简单，这么美丽：
只一个场景，就让人心生慈悲。

也许你我都在探究着世界的永恒，
将各自的心灵，想象成柔弱可怜
又倔强的小羊羔，浑身都是黑。

也许你我都渴望着：穷其一生，
也要找到可以依偎的人。天地很大
也很美，但显然不能独自面对。

茶馆里

夜晚零时的桑多镇，只一家茶馆还在营业。
这位于一楼的灵魂收集所，灯光那么冷，
冷得让人感觉：活着，就是一种错。

可是，透明而平滑的落地窗映出我的身影，
也显出你的身影。你用手罩住一杯饮料，
眼光无聊又空茫地，投向了窗外。

陪伴在你的身边的，是你的女友，
她浓妆艳抹，却郁郁寡欢。她观察着邻桌的
男子——他独自饮酒，似乎满腹心事。

是的，那男子就是我。我在小镇出生，读书，
离开又回来。我困守在这里，你和她也是。
我在这里爱，苦，遗恨，你们也是。

金刚婶婶

这个死眉呆眼的婶婶毫无美感可言，
——她的胳膊粗壮，手脚肥大，
——她的乳房沉重如巨型恐龙蛋，
——她的脸庞如红土捏就的泥球。

这个肉球婶婶毫无美感可言，但我们爱她！
——爱她粗壮的胳膊抱来的柴火，
——爱她肥大的手脚种植的食粮，
——爱她通红的脸庞表达的承诺，
——爱她沉重的乳房哺育的小镇。

直到她变得黑而瘦小，
在我们面前佝偻着腰身，
无力地推翻桌上的饭碗。

当她躺进厚实严密的棺木中，乡亲们
用木橛钉死了棺盖，我们这才号啕大哭：
这爱一旦带入坟墓，谁能把她找回？

牧牛人

牧牛人安静地坐在凸出的山头，
九头牛，在向阳的斜坡上低头吃草。

第十头，是个牛犊，一身黑白相间的皮毛，
它蹦蹦跳跳地跑到牧牛人的身后。

待它靠近我，我必搂它入怀，
待它以黑亮眼睛看我，我必给它安慰。

只因那山下碧青的河水蜿蜒南去，
河边渡口，旧船不在，一桥飞架西东。

我心肯定如那牧人之心，时光如水流逝，
河东河西早已异于往昔，让人伤感又欣慰。

影子的故乡

坐着火车去远方，见到了远方的城，远方的人，
远方风景中的事。我想留下来，可你说算啦。

那就算啦，我回到故乡，感觉心中的某个地方，
空了，还有着铁锈的气息。我不再回忆那趟旅行，

只活在当下的困境里。有人喊我出去打篮球，
可我们却进了游泳池，在里头待到夕阳沉下去。

我给朋友说："我可能走不出过去的那个房间了，
我可能要被某些人和事给毁了！"

他不回答我的唠叨，仔细地搓尽了脚上的垢甲。
我和他回来后不久，他去了远方，后来再也没回来。

我只好一人去游泳，那池水比我经年的眼泪要多得多。
我注意到影子始终紧随着我，仿佛我就是它的故乡。

对立面

你想写首诗：

羊安静地吃草时，是看不见屠夫的。
马安静地散步时，是看不见骑手的。
人安静地吃饭时，是看不到灾难的。

没写完，你想把这种潜在的对立面继续下去：

某国皇帝安静地工作时，是看不到断头台的；
某地儒生安静地书写思想录时，是想不到焚书者的；
某时的天空万里无云，
这天空是看不到地球那面的倾盆大雨的。

写到这里突然明白，你只想说出这三句：

当我们在和平的阳光下散步时，
要时刻牢记这样的日子并不是长久的，
除非我们有能力继续打造这样的日子。

（选自扎西才让诗集《桑多镇》，长江文艺出版社 2019 年 12 月版）

《黑色赋》诗选

/ 谢炯

将进酒

焦虑时，她只做一件事
就是在宣纸上撰写毫无关联的字
每写一个字，她就明白因与果可以倒置
因此一切都是可能的，譬如切开
葡萄的孤独
里面是已经酿好的美酒

她撕掉写完的字
让不同的笔画落在不同的碎片上
投入含烟的薄雾
它们飞起来了，微微颤抖
她发现它们原来都是各有翅膀的
并且，各奔东西

但是，有两张碎片坚持飞在一起
那么远，那么小
仿佛一个字完整的两撇
也仿佛宇宙的双翼

因此一切都是可能的，她想，好比
她喝下一杯星星
现在它们在她的双目中炯炯发光

在玫瑰中安睡

我看见山坡下远方的大海
熠熠发光，紫菊枯谢

我看见风暴中不可移动的大海
贝壳灌音，碎银流泻

涨潮的海，退潮的海
深渊内部晦暗的大海

热烈渴求却身陷绝境的大海
我看见它被一个海钓的人拉在线上

晃动如巨大的芭蕉叶
我看见它被抛进小小的木桶

碎片唉声叹气
摇晃后再度成为统一的大海

而我的鞋底并没有沙
脚干干净净，头发纹丝不乱

而我闭着眼
只为看见更多，更多的海

我必须是新的

爱你
我必须爬上高坡
我必须烧毁所有通往对岸的桥
我必须推下凌乱的巨石，扬起尘烟
我必须掩埋
每一条小径上的脚印
丢弃柔软的柳叶
我必须是无形的、无色的、无声的
我不能有你的眼睛、你的舌头
你的头颅、你的身体
我必须回望
我必须没有你

我必须完全没有你
我必须是新的

寻找

午夜十二点杯中的清水
寻找饥渴的嘴唇

孑然一身者雪白的墙壁
寻找斑驳的投影

童话中的似有若无的新衣
寻找皇帝臃肿的身躯

奋不顾身走上祭台的贡品
寻找睽睽众目的仰仗

被枯骨独自摩挲的时间
寻找叮咚叮咚的流逝

冬雀

我在大地上没有家

我路过，在你从前住过，或许还住着的
那栋外墙灰暗的房屋外──站了一会儿
冬日的阳光缓慢地移出墙壁
许多孤独的岁月
已被你和他人共同度过

我站在墙外──
记忆落在桑树上洁白的声音，如此柔软──

孤独

当你写下孤独
你便不再孤独
你造了两个字：孤和独
它们缀在你的耳朵上
两枚小太阳
你一跑，它们
燃烧了整个灰白的冬天

乡愁

一个浪迹天涯的人
行走在香榭丽舍大道没有想家
行走在斯德哥尔摩古堡没有想家
行走在撒哈拉沙漠没有想家

行走在莫斯科红场没有想家
甚至回到久别的故乡
也没有想家
现在站在西贡一棵参天的古树下
却想起老家门前另一棵树下
手把自行车的翩翩少年
和他头上盛开的
火红的木棉花

兰花

你
平静地
站在角落
散发着幽香
人们交头接耳地说
老了就该这般优雅大方
他们完全无法看见
你
内在的
壮阔波澜
面对一生最终的风暴
你汇集全部的精力
无暇顾及其他

痕迹

有一天，你会发现自己拿着
白底暗花的追悼卡到处诉说
人们稍稍惊讶地问
噢，昨天死了？
就是左边角落里那间办公室里的

安静的东方女人吗?
叹息后,他们回到自己手边的活计
她是谁? 来自何方?
又去了哪里?
只有那些爱过她的人才会不断追问
而她
也只是在他们的问题中
短暂地存在过一回

容器

我不知道,我的天性不允许我知道
爱是没有形状的
我走在爱中,醉的葡萄园中,从未想过
如何为爱捏造一个容器
当爱迎面而来
迎面扑来的风雪
我既无帽檐也无围巾
一双不合季节的鞋子,蹚过泥泞
当爱离我远去,我是无形的
回归泥土,回归雪,甚至回归了水
流淌的我,怎么可能美丽?
满是泥泞和沙砾,怎么可能美丽?
我的水浑浊,我的爱不清
更要命的是,我无法捞起我自己
亲爱的,没有你
我将不知道我的爱
我将永远不知道我爱过你
当你,用你的容器
挽起我,你是否感觉沉重?
当你捧着我走过香气斐然的紫罗兰
你是否矛盾过呢? 你无法放下我

你永远都无法放下我，为了我
你保存着完美的自我
亲爱的，我的天性不允许我知道
云影、原野和寂寞
我的爱没有形状
除非你就是我的容器

多年前开始的那场雨

多年前，在我住的楼梯下的
小房间一角
有一根灰色的水管

南方多雨
每晚父母的私语从隔板后传来时
我躺在黑暗中，听雨在水管中流淌

雨从来不停。屋里屋外都是潮湿的
乌木地板，丝被，天井里的栀子花
连梦都是湿漉漉的，下着雨

我听见水管中一枚叶子无奈地旋转
叶边仍带着昨夜的纯净
同时还听见南方如水的连绵和执着

多年后我在南越小镇陌生的客栈中
再度听到那水管中的雨声
那场雨，从来没有停过

冰箱备忘录

对于前来求宿的食品

冰箱是来者不拒的

食品的状态，它肚里一清二楚

有的价格连城，放上两天便臭气熏天

有的像土疙瘩，皮厚、难看，却耐寒抗冻

有的极度娇贵，进门后立即蔫了半截

还有一些完全不是食品，却拥有

食品的诡异和变化多端

冰箱照例大度地敞开大门。于是

有些来者忘了自己的临时身份

毫不客气在冰箱中长住下来

冰箱并不粗鲁地将它们赶出门

它默默地，冷若冰霜地等待着

它们内部的分化、腐烂，以及必将来临的死亡。

（选自谢炯诗集《黑色赋》，长江文艺出版社 2020 年 4 月版）

《喜鹊与细柳》诗选

/ 夏放

纽约地铁诗学笔记

从时代广场下到（台阶，陡，窄，
与万里之外的北京比；通道，昏暗，
没有扶手梯）纽约地铁站，
一霎时，你明白庞德所言
黑树枝（虽那是在巴黎）非虚。
黑，甚至更黑于裸露的钢铁
是经百年炼成的。
有黑的衬托，唇红齿白，
人面更自信相映于花瓣。
地铁车厢，很明显也陈旧于
曾经沧海难为水。
哀，时光会腐蚀光鲜，
新，会斑驳成旧。你叹息未落，
哦，"诗是难的"，车窗旁
海报似的贴着一首诗，从诗行错落
（有一行只有一个词）看，
很现代，倒让你觉得

诗很容易：如果诗言愁，
到黄昏点点滴滴，秀
伤疤与伤痛，会让
人不知而不愠的绅士
怪难为情的。如果诗
不能直觉于愉悦，
不能让身体思考到舒坦，
那确实是难的。

老人与海与盐

已近知天命，重读《老人与海》，
和二十啷当岁初读比，一条大河波浪宽，
河东与河西，风光自不同。

你已不很在意"人生来不是给打败的"，
看老人与鲨鱼搏斗，你也插不上手。

你注意到有好几次老人吃生鱼肉补充体力，
总念叨"要是有盐和酸橙就好了"。

天可怜见，再剽悍的人生，也需要
世上的盐相伴。量力而行，你想

你能帮他的，就是空降兵似的，跳进书中
墨西哥湾的小船里，送他一袋有滋有味
原来出自一片天真的盐。

竹下

我在竹下小憩，看着阳光透过
绿叶：风动，光影摇曳，不由心动。

一个陌生的大胖子走过来。他在竹下
站定，一边打电话，一边抽烟卷。

我侧目打量，胖子胖得眼睛只剩下
一条缝，胖子的气场却大得像

排气扇：一霎时，我都站立不稳了，
觉得竹子更细得伶仃了，
只好悻悻然走开了。

礼拜五下午的云朵

在窗前看天空东南角一团团白云，
从远处的屋顶和柳梢后面缓缓升腾。

这礼拜五下午四点一刻的云朵，让你觉得
这一周过得，嗨，得过且过，无趣得

撞了五天钟的和尚似的，配不上眼前这仿佛
是从唐朝边塞诗里飘出来的白云朵朵似的。

现磨豆浆新应用

岁末，你还是喜欢喝一杯
现磨豆浆，暂不论江春
入不入旧年，不论你对新年

抱有多少希望和憧憬，当你
把一大杯新鲜的豆浆举到嘴边，
扑面的热和香气，让你觉得

口腹之欲也会升华到语言无法
形容。接着，你发现，现磨真是
一门裁剪奇迹的技艺，不仅豆浆可以

现磨，咖啡可以现磨，昨日黄昏和
今日清晨，你站在七楼露台上，眺望
天边一缕缕流云，层层叠叠显示

自然的美和天真，那让人耳目一新的
新鲜劲儿，让你感觉那一道道云彩
是天空现磨出来的，幸福人街的时光

是幸福的小鞋子现磨出来的。顺理成章的，
不用说，太阳底下每一首新诗肯定都是缪斯
现磨出来的，甜蜜于即兴过滤了

陈年诉的黄连苦和赋新词的丁香愁，
你若正好偷得雪夜访戴半日闲，
也来尝尝鲜是什么滋味吧。

有限的肉身

夜里两点，你感觉不到深夜之深。
如果深只是身体周围两三平方米的
寂静，你更深刻的感受是：有限。

坐在餐桌前读曾读过的书，你发现
精神食粮的比喻有限，咀嚼再三，
语句淡而无味于过了保鲜期。

喝口茶，把电脑音乐盒里钢琴曲音量
调低，陶醉感有限，自我很快就分神于

本我调皮的记忆总是没来由地跳来跳去。

就连眼前现实，也有限于东城老胡同
旧灰楼一隅租来的客房火独明，
无从看见王城深如海是什么模样。

合书起身，站在窗口，望不穿夜雾沉沉，
远近灯光亮度有限，不眠人压抑于
北京城只是雾霾的饺子馅儿。

偶尔想想，看不到的彼岸有限，希望
也有限。你双脚踏此岸，自觉肉身能量
有限，即使插上想象的翅膀，能飞多高多远？

虚夸的修辞容易，虚妄的超我主义
更擅蛊惑人心。老实说，抽空念一念
有限的紧箍咒，对急于揭开蒸锅的厨师，

对急于解开命运谜底的巫师，尤其
对急于求新的新诗，都是韩信
点兵，多多益善。

喜鹊与细柳

东四三条胡同深处，好像
也是你喜闻乐见的曲径通幽处，
你和道旁一棵高大的柳树
一同在五点夕阳斜晖绕指柔的
轻抚中舒展开眉目。
更开心的，你仰头看柳树的新绿
微微摆动小腰肢，墨染的枝干
衬得初生的绿越发新鲜得

让人惊讶绿的妩媚原来

出自一片可爱的天真。

真的，此刻的柳绿让你欢喜得

你愿是那只在初绿的枝条间

蹦蹦跳跳的麻雀。

它叽叽喳喳地叫，叫得

语无伦次，叫得仿佛

没见过什么世面似的。

很明显，它被夕阳红中透明的绿

惊着了，它欢喜得仿佛

它的前生是　只个头更大的

会翘花尾巴报喜的喜鹊。

亲爱的，比转世更妙的，这只喜鹊不单单

给你捎来春天的肌肤更丰腴更圆润的消息，

它还会讲恋爱的辩证法——你若是新柳，

我愿是一只在柳枝间唱歌的林中鸟；

你若是大欢喜的雀阵中的一个小兵，我就是

把你抱在怀里的新发芽的细柳的军营；

你若是新鲜的美，我就是衬托你的

三月的真；最恰当的比方，

你若在山清水秀的古诗和新于

新绿的新诗中任性挑一个，

我就是心甘情愿的另一个。

晨起看窗外白云朵朵记

晨起看窗外白云朵朵，睡眼惺忪中，

自作多情的，你以为这团团云朵全都是

一股脑儿涌到你推开的窗前

来接受你检阅的。

云朵背后的蓝天还比较矜持，保持着

平静的风度和你与企鹅间某种
有原则的神秘的距离。
自我夸张的，你还遐想迈步

在白云上行走，风景一定会桃花梦般
令人陶醉，而这也并非不能实现——
超现实，有时就是仰望
高处的天空，稍一入神，你就会

飘浮在现实之上，而对云朵来说，
超现实，就是降低身段，飘浮到
每个清晨每个清新的窗口，挤进每个
魔方搭成的五颜六色的房子。

（选自夏放诗集《喜鹊与细柳》，长江文艺出版社 2020 年 5 月版）

卡洛斯·特鲁蒙多·安德拉德诗选

/ 姚风 译

全家照

> 是的，这张全家照
> 落满了灰尘。
> 爸爸的脸没有表示
> 他挣了多少钱。
>
> 叔叔婶婶的手也没有展现
> 他们游历过多少地方。
> 祖母已经磨平泛黄；
> 她早忘了君主年代。
>
> 孩子们，变化实在太大。
> 佩德罗的脸多平静，
> 他做过世间最美的梦。
> 若昂不再是个谎话精。
> 花园变得不可置信。

花朵变成灰色的徽章。
而沙子，被死者的脚，
踏成一片雾海

在扶手长椅的半弧圆里
可以察觉某种动作。
孩子们更换位置，
却无声无息：这只是照片。

二十年是不短的时间。
它能塑造任何影像。
如果一张脸逐渐枯萎，
另一张则会显现，绽出笑容。

这些坐在一起的陌生人
都是我的亲戚吗？我不信。
他们只是正在玩乐的客人
在一间敞着门缝的客厅。
家族的外貌特征
迷失于身体的轨迹。
但仍足够暗示，
每一个身体都充满了惊喜。

全家照的画框
根本留不住画中人物。
他们不过是自愿待在那里，
如果需要，他们会随时飞走。
在大厅的明暗光线中
他们会自我完善，
住进家具的深处
或者溜进老式马甲的口袋里。

家里有很多抽屉、
纸张、高高的楼梯。
当这些物质闷闷不乐
谁知道是否也会怀有恶意？

全家福没有给我答案，
它盯着我，并在我积满灰尘的
眼睛里，凝视它自己。
在画框的玻璃上，

活着和死去的亲戚成倍增长。
我无法分辨哪些人已经过世，
哪些人仍然健在。我只是明白
一个家族奇异的想法
正在穿越肉身。

诗艺 I

我用一个小时琢磨一首诗
笔却无法写出。
不过，它就在笔端
骚动，生猛。
它就在那里，
不肯跃然纸上。
但此刻，诗意
已溢满我的整个生命。

诗艺 II

用时间的眼泪
掺和白昼的石灰
我混合成

我诗歌的水泥
我站在未来生活的角度
并在鲜活的肉体上
建起一座建筑物
我不知它是住房
还是高塔，抑或庙宇
（没有神的庙宇）
但是它宽敞而明亮
属于自己的时代：
"兄弟们，进来吧！"

一个男孩在夜里哭泣

在漫长而温热的夜里，死一般的静寂，一个男孩在哭泣。
在墙后面哭泣，玻璃窗后的灯光
消失在阴影中，那里有低沉的脚步声和疲惫的说话声。
但依旧能听见药液滴入勺子的声响。

一个男孩在夜里哭泣，在墙的后面，在马路的另一端，
在遥远的地方，一个男孩在哭泣，在另一个城市，
也许，在另一个世界。

我看见一只手举起勺子，另一只抱住他的头，
我看见油亮的药液流过孩子的下巴，
像一泓细流，流入街道，穿过城市。
整个世界一个人都没有，只有那个哭泣的男孩。

挽歌 1938

你为这老朽的世界工作，怏怏不乐，
它其中的行为和方式，根本无法借鉴。
你苦练四海通行的动作，

忍受寒暑冷热，贫穷，饥饿和性饥渴。

群雄荟萃在城市的公园，你徘徊其间；
他们大谈道德、绝望、冷血和观念。
在雾霭缭绕的夜晚，他们撑起青铜伞，
或者蜷缩在阴暗图书馆的书卷中。

你热爱黑夜，只因它可清除一切，
你知道一旦入睡，就有了一张免死牌。
但可怕的醒来，还会证明巨大世界的存在，
它把你变得卑微，在生长着秘密的棕榈树下。

你行走于死者中间，与他们谈论
未来的事物和灵魂的话题。
文学耽误了你最好的恋爱时光。
电话里，你一次次地错过了播种季节。

你心存高傲，却急于坦言自己的失败，
急于把公众的福祉推迟到下一个世纪。
你接受了暴雨、战乱、失业和分配不公，
因为仅凭一己之力，你根本无法把曼哈顿炸掉。

爱情很大

世界很大，
但这扇向海的窗子可以把它容纳。
大海很大
但这张床、这个爱的床褥可以把它容纳。
爱情很大，
但一个亲吻可以把它容纳。

四对方舞曲

若昂爱特丽莎，特丽莎爱雷蒙多
雷蒙多爱玛利亚，玛利亚爱若阿金，若阿金爱丽丽
丽丽谁也不爱。

若昂去了美国，特丽莎做了修女，
雷蒙多死于一场灾难，玛利亚变成老姑娘，
若阿金自杀身亡，丽丽嫁给了费尔南德斯，
但此人与本剧无关。

墓志铭

在你美臀的大理石上
我刻下我的墓志铭：
现在我们生死两隔，但我的死已不再属于我。
你把它带在身上。

童年

父亲骑马去了田间。
母亲坐在家里做针线。
小弟弟睡着了。
我孤单一人坐在芒果树下，
读鲁宾孙的故事，
故事长得没有完。

中午，刺眼的阳光中传来古老的摇篮曲，
从奴隶茅屋传来——我永远难忘——
要咖啡的呼喊。
比黑人老妈还要黑的咖啡
好喝的咖啡

绝好的咖啡。

母亲一边做针线
一边看着我;
嘘——别吵醒弟弟。
摇篮上一只蚊子飞来飞去,她停下摇篮
她叹了口气……深深的一声叹息!
远处,父亲正骑着马
穿过庄园那无边的土地。

而我不知道,我的故事
比鲁宾孙的还要动人。

作为事件的一块石头

在路中央有一块石头
有一块石头在路中央
有一块石头
在路中央有一块石头

在视网膜已经疲竭的生活中
我决不会忘记这个事件
我不会忘记在路中央
有一块石头
有一块石头在路中央
在路中央有一块石头

世界恐惧代表大会

我们暂且不歌颂爱情
它在地下逃避
我们将歌颂恐惧

它让我们无力拥抱

我们将不歌颂憎恨

因为它并不存在

只有恐惧无处不在，主宰着我们

对腹地、大海和沙漠的恐惧

对士兵、母亲和教士的恐惧

我们将歌颂对独裁者和民主人士的恐惧

我们将歌颂对死亡和死后的恐惧

我们因恐惧而死去

墓土上开出瘦小的黄花

战战兢兢

（选自《散文诗》青年版 2020 年第 3 期）

杨小滨译诗小辑

/ 杨小滨 译

詹姆斯·梅里尔

詹姆斯·梅里尔（James Merrill）被认为是二战后一代最重要的美国诗人之一。1926 年 3 月 3 日，梅里尔出生在纽约市，他的父亲查尔斯·梅里尔便是美国大财团美林（Merrill Lynch）投资公司的创始人。梅里尔童年时享受了最优越的成长环境。16 岁时，梅里尔的父亲把他不成熟的诗歌和小说作品收集起来出版。

1945 年，梅里尔在短暂入伍后回到阿姆赫斯特学院学习，两年后毕业。梅里尔在阿姆赫斯特学院的毕业论文写的是普鲁斯特，也可以说，普鲁斯特对于记忆和怀乡的主题也影响了梅里尔的写作。梅里尔 20 岁时，他的大学教授（也是他当时的同性恋人）基蒙·弗莱尔为他出版了第一本作品成熟的诗集《黑天鹅》。梅里尔 1951 年出版的《最初的诗篇》是他第一本大规模商业出版的诗集。

梅里尔最长久的同性恋伴侣是作家大卫·杰克森，他们在美国康州一同度过了四十多年的时光。其中有二十年，他们每年一同到希腊雅典旅行暂住，因此希腊的景物也成了梅里尔诗中十分重要的主题。早在 1950 年代，梅里尔就坦率地描述了他与过去和当下数位同性恋男友的关系。

虽然梅里尔的家庭出身给了他极大的物质财富，他的生活并不铺张豪华。

他成立了一个以他父母名字命名的基金会，资助文学艺术和公共电视，在他
具名或匿名资助的作家中也有诗人伊丽莎白·毕肖普。

　　梅里尔的诗以优雅和机智著称，充满了谐趣、语词游戏和双关。把自传
和原型结合在一起也是梅里尔诗风的显著特征。梅里尔的早期作品曾被批评
为过于讲究辞藻，1960 年代开始，梅里尔的写作融入了更多的个人色彩，同
时风格也更为粗糙和口语化。

　　梅里尔获得过的主要奖项包括诗集《神曲集》1977 年所获的普利策奖，
长诗《桑多弗变幻的光》1983 年所获的国家书评界奖，诗集《夜夜日日》在
1967 年和《米拉贝尔：数字书》在 1979 年所获的国家图书奖。1978 年起梅
里尔成为国家艺术和科学学院院士。1990 年，他的诗集《内屋》获得了由国
会图书馆颁发的第一届博比特国家诗歌奖。从 1979 年到他去世，梅里尔担任
美国诗人学院的院长。

阿姆斯特丹

　　"在那个多么像你的国度"

　　有一座城，华厦凋零
　　在街道、水路的严丝密网中
　　钟塔流淌，摇曳，
　　而欲望逃逸出身体的囚笼。

　　进到迷宫深处的黑色绝境
　　一面镜子插入她辉煌的断头，
　　嘴，红而湿，灰色鬈发镶了钻石。
　　一个青年前往幻影，迟疑，

　　透过窗户眯眼看见皱巴巴的床，
　　猫，熟识的，在蜡染被单上漫步，
　　情郎已经不再比

任何空荡的小屋更独特，

然后他转向回来，留下她
包装在一阵现实主义的恶气中。
她的首饰在烟垢的框架里
为未来的暗通款曲重新闪亮。

（曾经，仅有一次坚决声称
拥有那早已备妥的爱，
不是由任何陈旧便服里的肉身
也不是由那忠诚的鬼魅，她的唇燃烧

她的唇干燥弯曲，曾被舔到消隐；
一夜一秋，如此攫住了
某些书卷，狂暴但受控
为了不留任何遗憾，除非

一束头发，浅栗色，不那么金黄
在褶皱的靠垫上，成为你必须忍受的，
把热情引向消音，如祈祷，
更浅，更凉，细下来，如已预言的，

进入无人之发的纯金，
任何我们当作飘送的
芳香，当音乐在水上流淌
流进变暗的卧铺，如今在他处……）

第二天，是不是我自己，这个形象是
那些把自己形象晒在运河远处的人
微笑着见到摇摆下滑在

一片树叶上，翻滚，痛苦地镇定下来？

我的头已向前落下，睁着眼。
某人的舒曼词语——"像一只天鹅
迎向黑曜岩的激流"——
在我身下的甲醛里无所事事。

我是否成为我的感觉，而别的都已逝去？
从奢侈行为而来的一阵暖洋洋疾风
搅乱倒影，留下尘土的
轨迹，如日光运行其上的水。

天黑时，世界再次完整无缺，
或镜子也是，擦净了，试着推断……
哦，小月亮们，异形而上升
用它们折射的情感致人目盲！

希腊之后

光进入橄榄
油也是。雨使巨大苍白的石头
从内部闪亮。月亮刷白他的头发
他接着从柱子间步出，
挡住双眼。所有
弥漫在乡村的是那些旧思想
公开可见于各元素。
在神祇的房屋里只有
此处和彼处的一个小前提
会平衡这个天空，它的星辰固定在
一个纯朴古老的都城。其余的

到处散落，它们的槽面卷筒半沉于仙客来

或深入水的刺骨清澈

第二周，我驶回家时

真是难以撑起我。

但哪里是家——这些墙？

这些肢体？脚下的长毛狗

在睡眠中，往什么飞奔？

秋天了。我没有邀请

那些浮夸又靠不住的宾客，他们喝我的烈酒。

散步归来时我发现

瓶子里装满了脾气，连我的房间

也被倒影涂抹到远处铁杉上。

某些日子我在梦里

逃回少女们的露天凉台

只见我的高祖母们

伫立在那里，往一只

波希米亚红玻璃球里细细察看。

当它胀缩时，我召唤

恩典，狂怒，命运，转移到

我国温暖光亮的殿堂，有铆钉

强行穿越绸缎，没有什么剩下要承受的。

他们似乎迫切想知道

如今是什么举起了天空。

我开始解释如何在那大火里

有另外的铁——呃，艺术，公共精神，

无知，经济学，爱自己，

恨自己，一百种更多的，

每一种都焦灼地想被感到，每一种都致力于

让我们避开最糟的；我多么不信任它们

有如应当不信任那些女人；我多么想要

精华：盐、酒、橄榄、光、尖叫——

不！我未曾命名你们，

看，刹那间你们成熟地站在我面前，

一列又一列，精华们，

着装如你的姐妹女像柱

或如嫉妒死者的墓碑天使，

戴着波状发饰，嘴唇枯萎，被尘垢开裂，

完美的眼睛在广袤的

锌和镀银的北方天空下茫然……

呆下来吧。或许是体系

呼唤精神。这第一块玻璃我

最后一次下到的

我在那老世界里吃喝掉。但愿我

也比它的意义，和我自己的意义，活得更久。

在纪念碑谷

春天的余晖里，战争的一次静谧间，

特洛伊南边的肖普农场，我最后一次骑在马背上。

一群安宁从那颗晚星涌入

或从轻快的枣红马那里涌出

她前行，仿佛并没有不乐意身上的重量。

草场接纳了我们，陶醉于看不见的百合。

短暂而多声的生命到处充盈。

我们在一个和弦里绕行了小湖。

而这里，我坐在事物所采纳的各种疯狂形状中。

蜂腰被长久侵蚀成了断层，

"三姐妹"嗥叫。"地狱之门"张大嘴哈欠。

我正在凉爽的赫兹车内吃东西

阴影降临时。来到我车门前的
这发育不良、煤渣眼的生物，如同来到死神门前，
对人类半是信任半是惧怕，蹒跚着——
天哪，一匹马。我奉献出我的苹果核

但她已经饿过头，她让它在沙里滚，
而我，我摇上窗，继续往前开。
关于她和我这样之间的古老契约
再也说不出更多的了。

在得克萨斯许愿井

陌生人，往下看（叮当说），而你
将会看到那个真爱你的面容。
那我来看。我的脸回望我
在硬冷钱币的底部升起——

双眼中各自闪亮的分币，
发间、齿间的银，到处是价码！
扔进我的硬币许愿：
让我爱自己到死。

阿什伯利

约翰·阿什伯利（John Ashbery）是后现代主义的代表诗人，早先被归入纽约诗派，一般被视为二十世纪后期至今最重要的美国诗人，同时也是一位艺术评论家，目前是国家艺术和科学学院的院士。他迄今已出版了二十多部诗集，几乎囊括了美国所有重要的诗歌奖。

阿什伯利1927年7月28日生于纽约州的罗切斯特，在安大略湖边的一个农场长大。少年时，他在男校迪尔费尔德学院就学时开始阅读奥登和迪兰·托马斯的诗，也开始练习诗歌写作。不过，阿什伯利最初想成为画家，十多岁时每周去罗切斯特的艺术博物馆上美术课。

1949年，阿什伯利以优等生的成绩从哈佛大学本科毕业，毕业论文写的是奥登的诗。在哈佛期间，他与奥哈拉、勃莱、科赫等当代诗人多有交往。他先是在纽约大学短暂就学，随后在1951年获得了哥伦比亚大学的硕士学位。从五十年代中期到六十年代中期，阿什伯利居住在巴黎。这期间他的主要工作在于编辑艺术类杂志和撰写艺术批评。回到美国后，他主要从事的仍然是艺术批评的工作。七十年代后期，他成为《党派评论》的编辑。阿什伯利1953年出版了第一部诗集《图兰朵及其他诗》，他首次获得的诗歌奖则是诗集《一些树》在1956年所获的耶鲁青年诗人奖。这本诗集是奥登遴选在耶鲁大学现代诗人系列丛书中的，出版后引起了诗坛的论争。

在法国期间，阿什伯利创作了两本著名而富争议性的诗集：《网球场上的誓言》（1962）和《山河》（1966），许多批评家认为他的诗无法进入。回到纽约后，他又出版了诗集《春天的双重梦境》（1970）。1975年，阿什伯利的诗集《凸面镜中的自画像》获得了美国三大诗歌奖项——普利策奖、国家图书奖、国家书评界奖，用作诗集标题的这首诗通常被认为是20世纪后期美国诗歌最重要的作品之一。1960年代初，阿什伯利与奥哈拉、科赫等具有共同先锋写作特质的诗人被归为"纽约诗派"，尽管阿什伯利本人怀疑这个诗派是否真正存在过。他诗歌的影响主要来自奥登、史蒂文斯、帕斯捷尔纳克和法国超现实主义。1970年代初开始，阿什伯利在布鲁克林学院担任教职，八十年代转任巴德学院的教授，直到2008年退休。1983年他当选美国艺术与科学院院士。2001到2003年，他成为纽约州的桂冠诗人，还担任过多年的美国诗人学院的院长。

从很早起，阿什伯利就已被认为是一个具有惊人的创造性的诗人，总是不断地进行形式创新，寻找突破性的表达方式。而他的每一本诗集，都加强了他作为美国最重要的诗人的地位。他曾对约翰·凯奇的现代音乐产生了极大兴趣。除了音乐之外，他的诗还受现代主义绘画影响极深。在纽约的文学剧场的诗朗诵上，阿什伯利结识了安迪·沃霍尔。1950年代起，阿什伯利把德·库宁和波洛克绘画中的抽象表现主义挪用到诗歌创作中来。阿什伯利的诗风往往被批评者认为过于晦涩，几乎是"文字的抽象画"。

这些湖畔城

这些湖畔城从厌恶开始
生长成某种遗忘，虽然对历史愤怒。
它们是一个理念的产物；比如说，人是可怕的，
虽然这只是一例。
它们出现了，直到一座塔
控制了天空，用手段浸入过去
回到天鹅和尖尖的树枝，
燃烧着，直到所有仇恨都转化成无用的爱。
然后你就留下，和一个你自己的理念一起
还有午后升起的空虚感
必须归结于别人的窘迫
他们像灯塔飞过你
夜是一个哨兵
你大部分的时间被创造性的游戏占用
至今，但我们有一个全面计划给你。
比如我们曾经想送你到沙漠中央，
到狂暴的海里，也想过让他人的接近变成空气
给你，将你压回到一场惊厥的梦里，
好像海风轻轻问候一张孩子的脸。
但过去已经在这里，而你在培育一些私人计划。
最坏的还没过去，可我知道
你在这儿会高兴的。因为你所处的
逻辑，没有任何气候能更聪明。
一会儿温柔，一会儿随意，你看
你建起了一座什么山，

蓄意把你全部精力注入这座纪念碑，

它的风是欲望，粘硬一枚花瓣

它的失望喷成了泪水的虹。

大算盘

或许这个山谷也引入那颗远古的头。

除了它的商业和虚弱容貌，还有什么能穿过草地的线绳？

它把一把椅子放在草地中间，然后远远走开。

人们夏天来访，他们不想那颗头。

士兵们前来看这颗头。那一截躲着他们。

老天说："孩子们，我在这儿！"

那一截试图躲在嘈杂声里。树叶，快乐，飘过尘土的草地。

"我想看，"有人说那颗不再假装是城镇的头。

看！骇人的变化已经降临。耳朵掉落了——那是大笑的人们。

皮肤也许是孩子们，他们说，"我们孩子"，近海边，模模糊糊。眼睛——

等等！多大的雨滴！眼睛——

等等！你看不到眼睛拍打在草地上，就像一条狗？

眼睛全都亮堂啊！现在河流来扫除剩下的我们。

谁在一天的开始早就知道？

最好像彗星一样穿行，和别的一起，虽然看不到它们。

缰绳闪亮得那么远！"快，孩子们！"鸟飞回，说，"我们是在说假话，我们不想飞走。"可是太晚了。孩子们已经消失。

山中答问

1

我进山，让自己惬意于

主人的精彩晚宴，疏远而端庄。

狐狸们有无尽的光跟随。

有一天我会建起盒子的
墙，在其中展示所有的角度。
我将像球一样蹦跳。
正义的塔群在摇曳
以描绘我们描绘的各种角度。
啊我们已经这么远
用我们冰冷的方式来指导鸟儿。
我听见靠近我的一个声音，
用心冲到了比赛线。
已经晚得不能晚了。

2

让我们升起我们心里的心。
让我们升起我们头颅里的树。
树的沉闷头颅。
在渎神的手中目睹所有哨兵
是一种痛，
黎明时香喷喷的小呢帽，
癔症的夜晚，有空洞的手。
雪爬过；许多光年过去。

我们第一次见。
我们将第一次见。
我们已经第一次见。

雪爬过；许多光年过去。

3
我不能同意或寻找
因我离别于钻石的笑声
我年轻岁月的主人。

史蒂文斯

华莱士·史蒂文斯（Wallace Stevens）1879 年 10 月 2 日生于美国宾州的雷丁。他曾在哈佛大学读过非学位的课程，在哈佛期间他和西班牙哲学家桑塔亚纳成为诗友，互相交换各自的十四行诗。之后史蒂文斯到纽约市居住，担任过短期的记者工作。随后他进入纽约法学院学习，并于 1903 年毕业。他先是在纽约的几家公司担任律师和副总裁。1916 年，他和妻子放弃了纽约格林威治村的自由生活，来到康州的首府哈特福德。他下半生都住在哈特福德，在哈特福德保险集团工作了 39 年。从 1934 年起直到他 1955 年去世，他一直是哈特福德事故与赔偿公司的副总裁。他去世的时候，他的保险业同行大多根本不知道他是一个诗人。

史蒂文斯尽管生活枯燥乏味（他甚至在获普利策奖之后婉拒了哈佛大学的教职），却不乏诗人的情感特质。1936 年，史蒂文斯在一次聚会上和海明威大打一架，在拳击海明威下颌时伤了自己的手，最后还被海明威打出门。史蒂文斯还特别爱和另一位诗人弗洛斯特争吵，尤其是在酒后。史蒂文斯终生喜爱异国艺术收藏，也通过邮寄搜集各类美食。不过，除了佛罗里达南部和古巴之外，他很少远足，造访最多的还是纽约（因为离哈特福德不远）。

史蒂文斯 35 岁才第一次公开发表自己的诗作，直到 1923 年他 44 岁时他才出版了第一部诗集《风琴》，只卖出了不到 100 本，并且由于对诗学语言的关注被批评为缺乏道德意味。1935 年史蒂文斯出版了第二部诗集《秩序观念》，也遭到批评说无视当时的政治形势与社会矛盾（尽管史蒂文斯本人在当时具有社会主义思想，但他并不公开表达）。从 1940 年代开始，史蒂文斯的创作力更加旺盛，比起早年的语言游戏来，更面向某种玄思和抽象的风格，实践了一种审美哲学。比如他提出"恶的美学"，把美的概念同恶联系在一起。在史蒂文斯的诗歌创作生涯里，始终关注的问题是如何思考宗教感失去后的当今世界。史蒂文斯可谓典型的冥想型诗人，现实本身成为想象的产物。在他看来，理解现实就是通过积极的想象实践来建立一种世界观。

他的许多代表作都是在 50 岁左右才写成的。1946 年他被选入美国国家艺术文学院。1950 年他获得博林根诗歌奖，1955 年，也就是史蒂文斯去世的那年，他前一年出版的《诗选》获得了普利策奖和国家图书奖，才使他成为广为人知的诗人。哈罗德·布鲁姆称史蒂文斯为那个时代"最好的，最有代表性的"美国诗人。

钢琴旁的彼得·昆斯

1
正如我的手指在琴键上
弹奏音乐，同样的声音
也在我精神里弹奏一支乐曲。

那么，音乐是感觉，而不是声音；
于是我所感觉到的，
在这间屋子里，欲望你的，

想你蓝影丝绸的，
是音乐。就像苏珊娜身旁
在长者们中间唤醒的乐曲。

在绿色夜晚，清澈而温暖，
她在安静的花园里洗浴，当
红眼的长者们观看，感到

他们生命的低音搏动在
魅惑的和弦上，而他们淡淡的血
脉动着颂歌的拨奏曲。

2

在绿水里，清澈而温暖，
苏珊娜躺着。
她寻觅
泉水的触摸
发现了
隐秘的想象。
她叹息，
为这么多的旋律。

岸上，她站立
在耗尽了情感的
凉意里。
她感到，在树叶间，
古老虔诚的
露滴。

她走上草地，
仍旧颤栗。
风像她的侍女们，
以羞怯的步履，
取来她织好的披巾
却摇动着。

她手上的一阵呼吸
让夜晚静下来。
她转身——
锣钹震响了，
还有喧闹的号角。

3

接着，在一阵铃鼓般的响声里，
来了陪伴她的拜占庭人。

他们不知苏珊娜为什么哭
对着她身旁的长者们；

当他们私语，说得喋喋不休
有如雨掠过一株柳树。

不久，他们高举灯火
照亮了苏珊娜和她的私处。

这时，那些傻笑的拜占庭人
逃走了，在一阵铃鼓般的响声里。

4

美在心里是瞬间的——
入口处的间歇追踪；
但永恒于肉身中。
躯体死去，躯体的美活着。
那么夜晚死去，在它们绿色的过往，
一阵波浪，无尽流溢。
那么花园死去，它们温驯的呼吸散发
冬日僧袍的气味，结束忏悔。
那么少女们死去，向着曙光
庆典，一次少女们的合唱。
苏珊娜的音乐拨动了长者的
淫猥琴弦；但，逃逸中，
只剩下死神冷嘲的刮擦。

现在，在它的永恒里，它拉奏在
她清晰记忆的六弦琴上
奏出坚定的赞美圣礼。

看黑鸟的十三种方式

1
二十座雪山间，
唯一在动的东西
是黑鸟的那只眼睛。

2
我有三种心意，
像一棵树
其中有三只黑鸟。

3
黑鸟在秋风里回旋。
这是默剧的一个小片段。

4
一个男人和一个女人
是一个。
一个男人和一个女人和一只黑鸟
是一个。

5
我不知道更爱哪个，
是曲折之美
还是暗讽之美，

是黑鸟吹着口哨时
还是之后。

6

冰柱用野蛮的玻璃
镶满长窗。
黑鸟的影子
来回掠过。
心情
在影子里追踪
无法破解的原由。

7

哦哈达姆的瘦人们，
你们为什么想象金色的鸟？
难道你们没有看见
这只黑鸟如何绕行于
你们周围那些女人的脚？

8

我知道高贵的口音
还有清澈、逃不走的节奏；
但我也知道
黑鸟牵涉在
我所知道的之内。

9

黑鸟飞出视线时，
标出许多
圆圈中的一个边缘。

10
见到黑鸟们
飞在绿光中，
甚至悦耳的鸨母们
也会尖叫起来。

11
他坐在玻璃马车里
驶过康州。
一次，恐惧刺入他，
因为他把车马的影子
误认成黑鸟。

12
河在动。
黑鸟一定在飞。

13
整个下午都是晚上。
在下雪
还会下雪。
黑鸟坐在
雪松的肢体间。

不是有关事物的观念而是事物本身

在冬天最初的结尾，
三月，从外面一声瘦削的叫喊
仿佛他心里的一种声音。

他知道听到了，
一声鸟的叫喊，在黎明或更早，
在三月初的风中。

太阳六点升起，
不再是雪上烂糟糟的羽饰……
应该是在外面的。

不是从睡眠的褪色纸版上而来的
广袤的腹语术……
太阳是从外面来的。

那瘦削的叫喊——是
一个合唱队员的 C 先于合唱队。
是巨型太阳的一部分。

被环形合唱队围起，
依旧很远。就像
现实的一种新知识。

行顺诗歌推荐语

／李壮

有一个问题，是经常在各类诗歌活动上被诗歌爱好者们问到（它过于宏大缥缈因而往往令我们难以作答）、实际却也是每一个专业研究者始终无法真正避开的，那就是：我们为什么要阅读诗歌？我自己的答案也许会是，我渴望在诗歌这样一种特殊甚至极端的表达结构中，看到最真实的人世生活的纯形式化的复现（或赋形）；而这种扭曲重铸后的复现与赋形，或许能够以其突如其来的震悚惊诧，将我们日渐麻木钝化的生命感知稍稍擦亮一些。

因此，我会发现，我对那些"修辞空转"式诗歌越来越缺乏耐心——大师级的语言技术探索当然另当别论，可惜事实是，我们的身边并没有那么多的"大师"——而对于行顺这样的诗歌，我愿意给予我由衷的赞美。行顺的诗歌里充盈着我所说的那种"最真实的人世生活"。《回答》《我没法停住笔》《害怕》等许多诗作，都涉及了诗人（或者说，诗中的"我"）的生活轨迹，而"母亲""大舅""宋三叔"的形象，也同样以其蓄满苦痛的深沉令我印象深刻。这是些匍匐在地面上的生命，他们就像行顺笔下的攀山藤一样，踮起脚尖，努力把触须伸向这个世界，用尽全部的力量只为在偌大的人间求得自己的一方寄身之所。如同行顺在一首诗的题目里所说的那样，我们身边的种种，很多都是些渺小无力到"不向往远方"的事物；但也正是从他们（它们）沉默低伏的身影之中，我们得以窥见生活背后那些浩大、奔涌、言之不尽的痛楚和深情。

在此意义上，我们完全可以在"底层""草根"的概念谱系里展开对行顺诗歌的解读。但与此同时，行顺诗歌对情感力量的高超处理方式，又使其溢出了简单的"内容归类"和"经验分析"的涵盖范围。行顺诗歌里的情感是浓烈却又节制，那种扭曲隐忍、时时身处于自我对抗之下巨大的情感势能，最终转化为子弹般的思性穿透力。行顺诗歌所展示出的复杂的灵魂景深，关乎抗争与承受、怨恨与谅解、限囿与自由、主体意识与自我撕裂……这一切，显然已凌驾于寻常的"经验"话题之上，并且回过身来、在那些作为来源的人世生活身上，打下了芒刺般鲜明炽痛的个人印记——这一切，令我震悚，亦使我惊诧。

我没法停住笔

/ 行顺

秋日静坐

你所看到的阴影，是我发出的黑暗
你所看到的光明，是上苍对我的谅解

月下吟

一个四海漂泊的人
配不上鲜花、权势、美人
上帝只交给他一首诗
作为对他的不遗弃声明

回答

打砸我摊位的城管，我要恨他吗
抢走我钱包的飞车贼，我该诅咒他吗
骗走我两个月工资的工友，我可以鄙视他吗
扇我耳光的上司，我能朝他吐口水吗
克扣我工钱的老板，我需要进行报复吗

我问这些话的时候

大地无言，白云抚慰着尖锐的山峰

拉卜楞寺的钟声穿过夏河幽深的河水

笼中兽

它发狂地在笼中踱步，从一头转到另一头

只是这中间的世界实在太短了

短到它辉煌的鬣毛撑破了笼子的天空

它被迫用爪牙和怒吼回应着茅草的戏谑

这悲哀的帝王，曾经的霸主

如果此时给它万里江山

它的脾胃定能承受一切孤独

你永远不能理解一个生命在笼子中的感受

刑满释放的大舅放弃了满腔壮志

现在以开摩的为生

苦成了一个谨小慎微的良民

慈光阁

没有僧侣，也没有信徒

只有几个抓起相机拍照的游客

在攀山藤踮起脚尖，把触须

附向大树的时候

一个满脸虬髯的大汉

突然朝空荡荡的大殿跪了下去

是不是必须在心中造出一尊佛

才能为柔软的膝盖找到坚硬的根基

爬到山顶，我看到巍峨的黄山
也匍匐在天空脚下

名字

叫邢卫兵的时候
我是一个地地道道的俗人
挤地铁，刷工卡
吃快餐，点外卖
为了一块钱
和菜贩磨半天
只有打开诗歌练习本的时候
才意识到自己还有另一个身份：
写诗的行顺
我会焚香，沐浴
于秋阳下静坐
敛起在人间的杀心

我没法停住笔

我曾被中介骗走了仅有的 300 元钱，
我曾在血汗工厂每天熬 15 个小时，
仅仅是为了一口吃食。
我也曾被欠薪、殴打，
工作半年没有拿到一点薪酬。
我曾在绝望中被人救起，
活着，依赖于工厂打手和两条大狼狗的慈悲。

我不敢回望那段历史，
甚至无力诅咒一个恶人。

如果我说，是写诗让我度过了
最艰难的日子，
你相信吗？
如果我说，通过写诗
我原谅并宽恕了那些折磨过我的人，
你能理解吗？

那些不向往远方的事物

辘轳、木门、石磨、碌碡
运动的半径不过十米

它们找不到通往自由的法门
因而望上去有沉静之美

为了供养两个上大学的女儿
宋三叔，把自己拴在几亩薄田上

南海禅寺的观音
一生都没出过庙门

我的母亲

我的母亲是个善良的人
阳台上踩碎了一只蜗牛
她看着看着就哭了

马路上一只狗儿被车撞断了腿
她抱着狗儿走着走着
眼泪就流了下来

邻居家的孩子去建筑工地打工

摔下了脚手架

她跟着那个母亲一起哭

她哭啊

像前年自己的小儿子死时一样的伤心

害怕

我做过厂工、保安

服务生、程序员、游戏策划师

销售员……

只是，做得都不够好

这些年，我不断地变换着身份

我一直在寻找那个可以

让我骄傲的事业

其实，我最想成为一个诗人

但一直不敢说出口

我害怕自己同样做得不成功

我害怕那个一直祝福我的读者

会指着这首诗说：

如果不是行顺写的，该有多好！

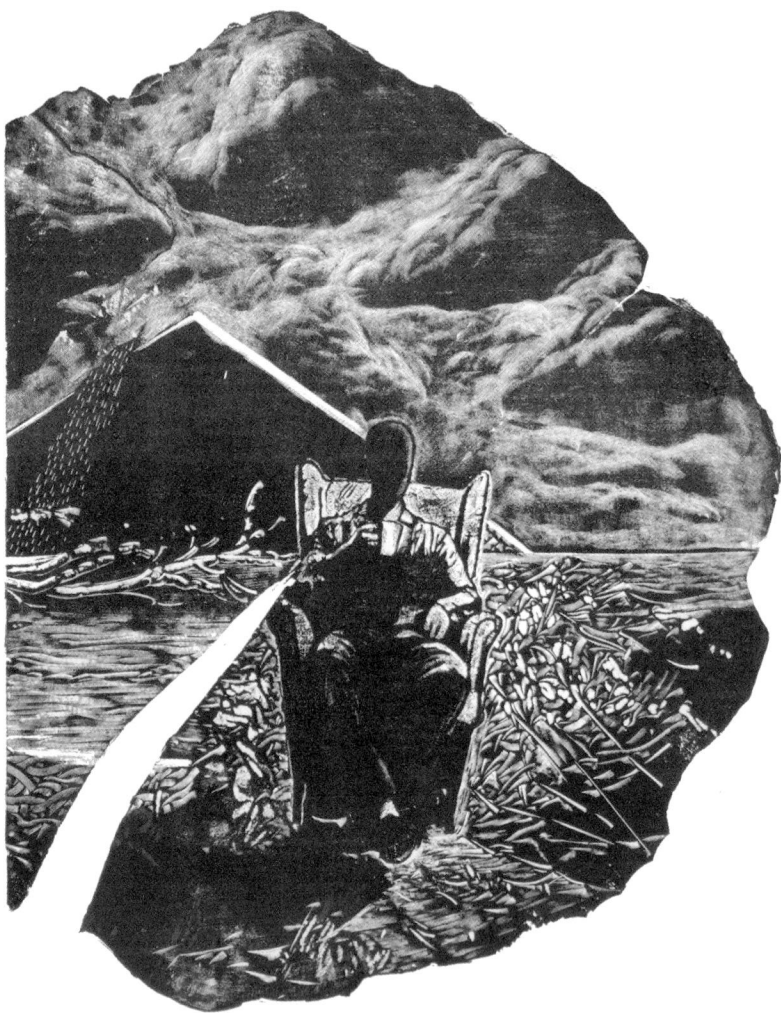

冬有冬的來意　寒冷像花　花有花香　冬有回憶一把

一條枯枝影　青煙色的　瘦細　在午后的窗前

拖過一笔画　寒里日光淡了　傾斜就是那樣地

像待客人說話　我在靜沉中

啜嚘着茶

宋威
《枯枝．静坐》
木口木刻
46cm × 43cm
2019 年

候车室

叶辉

凌晨时分，候车室
深邃的大厅像一种睡意
在我身边，很多人
突然起身离开，仿佛一群隐匿的
听到密令的圣徒
有人打电话，有人系鞋带
有人说再见（也许不再）
那些不允许带走的
物件和狗
被小四轮车无声推走
生活就是一个幻觉
一位年长的诗人告诉我
（他刚刚在瞌睡中醒来）
就如同你在雨水冰冷的站台上
手里拎着越来越重的
总感觉是别人的一个包裹

存在

刘跃兵

我的目光投射到花瓣上面
花瓣里聚集了多少恩怨
它释放出来的空间，在回旋式展现

卧室里的油画
一只丰腴的黑鸟如我，其间许多强烈的颜色
让我辨认出你的身影

一朵花清晰引出来的季节。和室墙的落地窗

仿佛爱过的，正下沉至人间

这都是隐喻——我独立于阳台
树影的界限在减弱
陶器里更暗
楼的阶梯外面，它们辽阔

并将有一场雪覆盖树冠
覆盖路，远方，坟碑文的暖
覆盖留给人的一条路——
以及往下的河流那些地方

一朵花指向虚无的你
才能让你更有个人的意义
在至虚至幻的状态摇曳
爱你，才能让你的生命重现。而幽闭你
是"你"伫立于真实——它已影响到我了
空气中有五行。有你我的不相见

巴河

小熊

我曾见过巴河，在十一月
大雨中。那些青灰的雨点和流水
从旷野里，构树丛旁急急滚动
我曾想沿着巴河静静走一走
跟随一群白鹭，在水面自由自在飞
或者，在岸边坐下来
给久违的人们写一封信
感受到那些奔流不息的河水
和着清冷的雨，已经
滴落到枯萎的生命中

我还假设，我和那个勇敢的少年
在构树下擦肩而过
面颊温暖，空有一身侠骨和抱负
那是一个多么伟大的时代
白鹭贴着水面飞出了人字形的队列
构树金黄的叶片点燃肃穆的冬天
巴河流过了巴河
"翻卷着颤栗般的波纹和冷……"
事实上，只有
事隔多时，我才能描述出巴河
才能在回忆中再一次
陷入一种充满兴奋感的孤独
和遗憾中
很久很久了
雨以及河水从各个毛孔、缝隙
深入到这里面来
当我一个人沉默着回想
那时，十一月，大雨里
我见过巴河，在古老的时间和流逝中
从车窗外一闪

登四明山

李浔

我迂回在前途中，盘山的路上
路边的松或竹，前后都有转折的倾向
迂回，我常常成了自己的落伍者。

山风是宽银幕的纪录片
它描述了山林一边倒的后果
整座山失去了平衡，而我得到了稳重的顿悟。

上山的路越来越紧，时光变得越来越细长
时间除了前或后，还有上与下
我，在这山却望着那山高。

高是没有限度的，在山顶可以看见
云像发福的人，像心宽的人，关键像自由的人
毫不关心，善恶都在高处。

错过了年代的我，幸亏来到了余姚山上
我薄如一张风筝，认准了
知行合一的先生，就是那个放我风筝的人。

岁暮望远
舒丹丹

树在这个季节是隐忍的
落叶堆积，仿佛日子失去踪迹
想着一年还剩下些什么
沿着山脚的小径，像与冬天
进行一场迂回的交谈

寒冷并非不值得
尖锐的冷，澄净了心中的无明
暮色如卡夫卡一般"因冷而燃烧"
在岭南的冬天那看不见的一部分里
有着藐视逻辑的空气因子

因为不愿被满地黄叶的叹息填满
尽管它们，有足够的理由叹息
你把目光从地面抬高
山顶静邈，仿佛神在那里
正酝酿一场降雪——

很快就会从山的那边逶迤而来
抵达不可抵达之处

洱海游轮
李虹辉

这条船舶是构成洱海的一部分
雨水，甲板，呜咽的汽笛
一群海鸥从水面惊起，掠过舷栏
那飞翔的翅膀，栏杆前的人
都是其中的元素
我们被拆解，而在这个冬季
又被组合成风景。橡皮一样的积雨云
擦去了洱海边际的线条
苍山显得虚幻，飘渺
在更辽阔的水域
远眺的视线充满想象
一条游轮，天空阴郁的微光
它驶向烟雨中的海面
就像我们进入了某种隐喻
像语言的碎片被重组，像高原上的湖
被扩展，成为一片更大的海

我听见一只陶罐在碎裂中哭泣
古真

一罐静水在它的碎裂中流尽了
我听见那只陶罐的哭泣声
我看见母亲颤抖的手
那苍老而爆满青筋的手
那数着谷子数着麦子然后又

一粒一粒把它们放进陶罐的手

那双经历风吹日晒的手

捧起了那七零八落的陶罐的碎片

我听见那哭泣中灌满了雨声

禾苗的拔节声，一个孩子

敲击着它的沧桑的回声

我看见诗人们把它的生命写满了诗句

那哭声是清晰的，浑浊的

夹杂着扎心刺骨的寒澈

我看见母亲的眼泪一滴一滴打在那些碎片上

那声音是沉闷的，压抑的

月光下，母亲斑白的发色融进了陶罐碎片的灰土色

母亲的手和失去光泽的陶罐釉面一样坎坷

母亲继续捧着那些碎片

她要继续用它来盛水，装谷子

继续让孩子敲击那久远的回声

继续让诗人们去写关于它的诗句

但那破碎的哭泣声

已在我心上

画出了一道无法弥合的裂痕

一条河搁置于窗外

达达

一条河，那是什么概念？

一条大河或小河搁置于窗外那是什么概念？

一条河从来都是既定的事实

而窗户必是后来才有的事

像你出生也是后来才发生一样

是窗户占了河的便宜

窗户摘了河的桃子

而你长大，身高超过了窗沿

你站在窗前就看到了窗外有一条河搁置
那更是后来又后来的事了
虽然岁月亦如流水
但一条河决不会从窗内流出去
一条河决不会从天上挂下来
当一条河从遥远的源头流淌到窗外
恰好被你看到并搁置成一种命运
那不是一条河的错误
其错误在于时间
混淆了树与河二者的关系
树，内生长
而河，永远向远方生长

愿望
王琪

给我你的消息——当你晨起眺望贺兰山麓
记得给我石头山、沙坡头的消息
塬上阳光噼啪作响
一树一树的秋色等待未来
十万亩葡萄酿成了醇酒
黑色的红色的枸杞风干归仓
气温一日低于一日，记得添衣
给我草木开始落霜的消息

也要记得
西海固的罡风扬起暴雪
八百里快骑卷过丝路驿站
给我一条河从上游到下游
过去与未来
全部的波纹和晃动

当你夜光杯中斟满塞上曲
记得保留月光，暮色，和晨曦
记得给我重逢，无论哪里，何时

春夜。对话阿尔贝·加缪
齐伟

我们居住的地方其实不存在
我欣然同意。每天你睡在
有限的小齿轮里。唤醒自有
妙法。光亮映照。巴黎西洋
四方角的油灯。说起磨光的把手
你手上的腥气。肯定来自一条
沉船。谁在暗示。楼上的钢琴声
她当然是弹琴的一把好手。深入
须经过荒诞的醇酒来发酵
旧制度总是慢吞吞。就像鼠疫
杆菌的沉睡。潜伏在房间
地窖、皮箱、手帕和废纸堆中
是否还有一条通往安宁的道路？
一个世纪过去了。火车啸叫
工厂林立。远久的铁桥。不断地
飘逸。我不穿梭。装作酒酣耳热
热烈而冷酷。眼皮跳。装作一切
正常。仰而赋诗。黄昏时光
在城市对面。阿尔贝·加缪叼着烟
竖起衣领。一把宽大古老的藤椅
经过你。经过我。"重要的不是治愈
而是带着病痛活下去。"春夜好静
打住。两个人在角落里隔空对话
一个眷恋生。一个向往死

247 ·

翻地的人
尖草

他每一锨下去，就有一块
泥土从梦境里被撬开
当然有许多草根也会在阳光下
悲伤地死，草的死，从来就没有哭声
就像石头从来就没有歌声
他是一个被冬天用悲伤宠坏的男人
不喜欢吃素，所以就讨厌
那些开了花，还要结果的草木
他一个人拥有一个宽敞的院子
草和树有遥远的边界
他活得太过自由了，许多爱
都绕着他走，房子里熏黑的蛛网
当然也有落满灰尘的家具
悲伤和孤独为他的家
建起了堤坝，他只属于这块地
春天里那些阴影留出的寂寞
他从不接近花朵散发的气息
所以命里也就
从未响起过音乐

黄玻璃
沉末

请允许我如此膜拜一棵树
我喜欢用方言表达
生命中值得敬仰的事物
我不在意他人称你为
黄檗、檗木、黄波罗
这些中药一样苦涩的词汇

你黄皮肤，粗糙，浑厚

穿一件灰色褂子

接受阳光风雨严寒酷暑

散发着浓郁的乡土气息

你生长在我的心间

简洁朴素容易辨认

我的心事如一轮圆月

从稀疏的枝杈间升起

或喜或悲，或明朗或暗淡

你生长在故乡的丘壑中

撑起一片苍天

坚定正直根系大地

你生长在兄弟姐妹的心间

一棵棵像父辈朴实憨厚耐寒

被称作黄玻璃的树

一个人在泸州望长江

年微漾

江水浩荡、清冷，在堤岸上发出响声

东门外此刻的时辰，正是千年间

用旧的时辰。云霞朝傍晚飞去

天色渐暗，一些家族覆灭但姓氏仍在

一个诗人以诗歌窥探仕途，终究又沦为

仕途中的不归人。船只安稳停泊

并不急于亮灯，在这入夜时分

脚下的渡口拓宽成码头，看起来

形同某种训诫。一个人站在长江边

不可极目远眺：上游布满战事

下游埋葬着旧朝，唯此身前的一段

收起野心与绝望如少年。一个人

站在长江边，就像回不去的水

接受同类的安慰——江水流了

那么久，也那么远，没有未被皴法

所驯服的山峰，在尘世的画图中

船

——给 Julie

张何之

你多情的身体走进十一月

就顿住了

总有生命在日子上绊倒

你说，你的手掌中停满船只。

在难言的痛苦中你时隐时现

这是秋天，房间里总是无端布满尘埃

像一桩耐心计划的死事

你不相信，我们终于能从

信号的血海中杀出一条生路

你只信字，信皮肤

在反复的触摸与书写中

你说古老的夜会来，

你说，我们的船

依旧忠诚于微光

松皆雅

魏天无

松皆隐，隐于大雾之中

雾皆迷，迷于群山之间

你可以想象松和雅，想象松涛阵阵

甚至想象那松下的童子，背着莫须有的小竹篓

他脚下金黄的松针有着中药

迷幻的味道，如同你眼前的大雾飘过

你如何想象没有见过的事物：松皆雅？
隧道不见尽头。可以想象那是
语言的迷宫。想象那座凭空升起的桥
就在车轮缓慢的碾压下
想象那只无杂色的老猫，在群山之巅
正迈着优雅从容的步幅，逼视着
它看不见的一切

平衡术
谢健健

长久的沉寂后，我把身体进行挪移
对应着静而动，在浙江高矮不一的
山水间，我练习跳跃后的平衡术
像掷铁饼后的旋转渐息，像热烈地
爱过之后，心脏慢慢地恢复成小鼓
在良渚遇见策兰，两个较少联系的我们
碰撞到一起：我借助绘画平衡古典现代
我将草创的诗献给友人
听他往天平，哪一侧加重分量
我重读策兰，夜读李商隐
两者之间沟壑分明
我跳入其中，以文言堆起大厦
又以白话长句写古典汉诗
为了掌握好平衡术，必须
把翘板压到底部，等候反弹
我走在笛卡尔危险的路上
我因伴随月光，觉得自己也是星辰

春时你留下多处残红 翩然辞别

剩下灰色的长空一片

透彻的寂寞

宋威
《时间之三．未晞》
木口木刻
40×70cm
2015 年

時間

评论与随笔　　253·

《黍离》——它的作者，这伟大的正典诗人

/ 李敬泽

彼黍离离，彼稷之苗。行迈靡靡，中心摇摇。知我者，谓我心忧，不知我者，谓我何求。悠悠苍天，此何人哉？

彼黍离离，彼稷之穗。行迈靡靡，中心如醉。知我者，谓我心忧，不知我者，谓我何求。悠悠苍天，此何人哉？

彼黍离离，彼稷之实。行迈靡靡，中心如噎。知我者，谓我心忧，不知我者，谓我何求。悠悠苍天，此何人哉？

——《诗经·王风·黍离》

1

汉语绝顶之诗中，必有《黍离》。

《黍离》为《诗经·王风》首篇。公元前770年，天塌西北，中国史上有大事，最是仓皇辞庙日，周平王在犬戎的碾压下放弃宗周丰镐，放弃关中山河，将王室迁往东都成周——当时的洛邑、如今的洛阳。西周倾覆，从此东周，但这不是新生，这是一个伟大王朝在落日残照中苟活，周朝不再是君临天下的政治实体，大雅不作，颂歌不起，在《诗经》中，成周王城一带流传的诗，列为《王风》。

在汉初毛亨、毛苌所传的《诗序》中，《黍离》被安放于这场大难后的

寂静之中:"黍离,闵宗周也。周大夫行役至于宗周,过故宗庙宫室,尽为禾黍。闵周室之颠覆,彷徨不忍去而作是诗也。"

——宏伟的丰镐二京沦为废墟,那殿堂那宗庙已成无边无际的庄稼地,这时,一位周大夫回到这里,在如今西安的丰镐路上徘徊彷徨,百感交集,于是而作《黍离》。

照此说来,这首诗距今两千七百多年。《毛诗》成书于西汉初年,以元光五年(公元前 130 年)河间献王向汉武帝进献《毛诗》计算,上距周室东迁已经六百四十年,这大约相当于在今天回望明洪武十三年。但是,对东周的人来说、对西汉的人来说,西周倾覆带来的震动和绝望是后世的人们不可想象的。当《毛诗》讲述这个故事时,它是把《黍离》放到了华夏文明的一个绝对时刻——类似于告别少年时代,类似失乐园;这首诗由此成为汉语的、中国人的本原之诗,它是诗的诗,是关于世界之本质、关于人之命运的启示。

在《毛诗》的故事中,时间、地点、人物,都具有启示性的含混和确定:那就是周大夫,别问他是谁;那就是宗周,别问为何不是别处;那就是平王之时,别问到底是何年何月。无须问,必须信。

而这个故事在这首诗中其实找不到任何内证。《黍离》支持《毛诗》的故事,它也可以支持任一故事。这伟大的诗,它有一种静默的内在性,任由来自外部、来自四面八方的风在其中回荡,它是荒野中、山顶上一尊浑圆的空瓮。

2

滚滚长江东逝水,浪花淘尽英雄,是非成败转头空,青山依旧在,几度夕阳红。

白发渔樵江渚上,笑看秋月春风,一壶浊酒喜相逢,古今多少事,尽付笑谈中。

——明嘉靖年间杨升庵的一首《临江仙》,后来被清初毛宗岗父子编入《三国演义》作为卷首词。此为渔樵史观,既庙堂又江湖,《三国》是以江湖说庙堂,杨升庵是以庙堂而窜放于江湖。长江青山夕阳,秋月春风白发,笑看人间兴废、世事沉浮,这是见多了、看开了、豁达了。一切尽在这一壶中,无边的天地无限的时间，且放在此时此刻、眼前当下。

这壶浊酒很多人喝过。升庵之前，还有王安石《金陵怀古》：

霸祖孤身取二江，子孙多以百城降。豪华尽出成功后，逸乐安知与祸双。
东府旧基留佛刹，后庭余唱落船窗。黍离麦秀从来事，且置兴亡近酒缸。

——喝下去的酒、仰天的笑，其实都有一个根，都是因为想不开、放不下，
因为失去、痛惜、悔恨和悲怆，这文明的、历史的、人世的悲情在汉语中追
根溯源，发端于一个词："黍离麦秀"。

"黍离麦秀从来事"，那是北宋年间，华夏文明已屡经大难，仆而复起，
数度濒死而重生。王安石身后仅仅四十一年，又有靖康之变，锦绣繁华扫地
以尽。王安石、杨升庵，以及无数中国人心里，已住着饱经沧桑的渔夫樵子。

"黍离"是这一首《黍离》，"麦秀"是另一首《麦秀》。

3

麦秀油油兮，黍禾渐渐，彼狡童兮，不与我好兮！

——《麦秀》同样需要一个故事。司马迁在《史记·宋微子世家》中讲
述了这个故事。

周武王伐纣，殷商覆亡，"箕子朝周，过故殷墟，感宫室毁坏，生禾黍。
箕子伤之，欲哭则不可，欲泣为其近妇人。乃作《麦秀》之诗以歌咏之。……
所谓狡童者，纣也。殷民闻之，皆为流涕"。

箕子者，纣亲戚也，应是纣王的叔父。孔子说："殷有三仁焉。"纣王
暴虐无道，箕子、微子、比干三位仁人劝谏，人家不听，比干一颗赤心被剖出来，
纣王要看看仁人之心是否真的七窍玲珑。然后，微子出逃，箕子披发佯狂，
装了疯，又被抓回来囚禁为奴。

公元前1046年，牧野一战，纣王登台自焚，天命归于周。箕子被征服
者解放——解而放之。两年后，公元前1044年，另据《竹书纪年》记载，他
确实前往陕西朝见武王，途中想必经过已成废墟的安阳故都。

而在陕西，箕子的朝觐成为王朝盛事。作为地位最为尊崇的前朝遗老，箕子的顺服大有利于抚驭商民；更重要的是，箕子就是殷商文化的"道成肉身"——极少数王族和贵族组成的巫祝集团垄断着人神之间的通道，箕子是大巫，祭祀、占卜、文字、乐舞，皆封藏在大巫们七窍玲珑的心里，由此，他们控制着文化与真理，具有无可争议的权威——纣王与"三仁"的冲突，或许也是王权与巫权的斗争。现在，箕子朝周，这是周王朝的又一次胜利，伟大的武王将为华夏文明开出新天新地，此时，他等待着殷商之心的归服，并准备谦恭地向被征服者请教。

很多年后，周原上发掘出一片卜骨，所刻的卜辞是："唯衣（殷）鸡（箕）子来降，其执暨厥史在旆，尔（乃）卜曰：南宫辝其作（酢）？"

据张光直、徐中舒解读，卜辞的意思是，箕子要来举行降神仪式，他和随从被安排在"旆"这个地方，现在，所卜的是：由南宫辝负责接待行不行、好不好？

——如此细节都要占一卦，可见小巫见大巫，激动得事事放心不下。

257 ·

中国史上一次重要的对话开始了。武王下问，箕子纵论，王廷官郑重记录，这就是《尚书》中的《洪范》。箕子高傲，在征服者面前保持着尊严，他阐述了治理人间的规范彝伦，但对事关王朝合法性的"天命"避而不谈。至于那一场想必盛大庄严的降神，《洪范》中只字未提。

武王显然领会了箕子之心，此人终不会作周之臣民，于是封箕子于朝鲜。那极东极北之地是彼时世界的极边，本不属周之天下，所谓"封"，是客气而决绝的姿态：既如此，请走吧。

箕子真的走了，走向东北亚的茫茫荒野。在那里，他成为朝鲜半岛的文化始祖，对他的认同和离弃在漫长的朝鲜史中纠结至今。

从箕子朝周的那一年起，近一千年里，《诗经》中无《麦秀》，先秦典籍中从不曾提到《麦秀》，然后，到了汉初，诗有了，故事也有了。

但和《黍离》一样，并没有任何文本内部的证据支持这个故事。

麦苗青青，黍子生长，那狡童啊，他不与我好啊！

这首诗指向一个人，我们不知他是谁，只知他被唤做"狡童"。《诗经》里提到"狡童"的诗共有两首。一首是《郑风·狡童》：

彼狡童兮，不与我言兮。维子之故，使我不能餐兮！彼狡童兮，不与我食兮。维子之故，使我不能息兮。

——现代汉语读者也能一眼看得出来，这就是嗔且怨着的相思病。此处的"狡童"，如同死鬼、冤家，又爱又恨，一边掐着骂着一边想着疼着。那该死的冤家啊，害得我啥也吃不下瘦成柳条儿啦。

另一首是《郑风·山有扶苏》："不见子都，乃见狂且。""不见子充，乃见狡童。"子都、子充皆是如玉的良人，相对而言，狂且、狡童大概是坏家伙、臭小子之类，但也未必就是真碰见了流氓。

不少现代论者据此与司马迁争辩：这《麦秀》明明是一首情诗，明明是一个女子——一个古代劳动妇女，站在田里，思来想去，直起腰来，越想越气：彼狡童兮，不与我好兮。那挨千刀的，他不和我好兮！

如此光天化日的事，为什么司马迁偏看不出来？为什么要编故事硬派到箕子头上？纣王在位三十年，死的时候估计都五十多了，怎么也算不上"狡童"，再说那纣王和你是好不好的事吗？

但这些现代论者也是知其一忘其二，"狡童"可以是打情骂俏，也未必不可以是以上责下，箕子身为纣王的长辈、国之元老，怎么就不能骂一声"彼狡童兮"？

看看这麦子，看看这谷子，那不成器的败家孽障小兔崽子啊，你怎么就不听我的话，怎么就不学好呢！

——箕子应已是六七十岁的老人，他扶杖走过殷墟，那是安阳大地，那时应是初夏，他所熟悉的宫殿陵墓已不见踪迹，得再等三千年才会被考古学家挖出来。而此时，仅仅两年，遍野的庄稼覆盖了一切，"大邑商"似乎从未有过。他站在这里，想起那神一般聪明、神一般狂妄的纣王，想起此去西行，他要向征服者、向那些西鄙的野人屈膝，要在他们面前举行庄严的仪式，让祖宗神灵见证这深重的耻辱，箕子不禁浩叹："彼狡童兮，不与我好兮！"

其时，殷人掩面流涕。我确信，这首歌一直流传于殷商故地，司马迁行过万里路，当他说殷人为之流涕时，他或许在殷商故地亲耳听到了这首歌，眼见着泪水在殷人脸上流过了千年。

我为什么不信司马迁呢？

4

一个人，经历巨灾大难，面对废墟，面对白茫茫大地、绿油油大地，面对万物生长，似乎什么都不曾发生，似乎人类的一切发明、一切雄心和荣耀皆为泡影，"瞻旷野之萧条兮，息余驾乎城隅。……叹黍离之愍周兮，悲麦秀于殷墟"（晋·向秀《思旧赋》）。"黍离麦秀"一词在中国史上默然长流。

《晋书·谯纵传》提到西晋八王之乱："生灵涂炭，神器流离，邦国轸麦秀之哀，宫庙兴黍离之痛。"

《梁书·武帝纪》描述侯景之乱后的景象："天灾人火，屡焚宫掖，官府台寺，尺椽无遗，悲甚黍离，痛兼麦秀。"

公元 534 年，北魏瓦解，东魏、西魏分立，东魏迁都邺城，故都洛阳沦为战场。十三年后，杨衒之在追忆、回望中写成《洛阳伽蓝记》，沉痛低回，如鬼夜泣：

> 余因行役，重览洛阳。城郭崩毁，宫室倾覆，寺观灰烬，庙塔丘墟，墙被蒿艾，巷罗荆棘。野兽穴于荒阶，山鸟巢于庭树。游儿牧竖，踯躅于九逵；农夫野老，艺黍于双阙。麦秀之感，非独殷墟；黍离之悲，信哉周室。

然后还有，安史之乱、五代十国之乱、靖康之变、南宋沉沦、甲申之变……

史书一卷卷翻过去，一卷读罢头飞雪，每一次开始皆终结于废墟、大地，然后，在大地上重新开始。旧世界崩塌，新世界展开，那旧世界的遗民，他们幸存、苟活，沉溺于记忆。

黍离麦秀，这是华夏文明最低沉的声部，是深渊里的回响，铭记着这古老文明一次次的至暗时刻。悲怆、苍凉、沉郁、隐忍，它执着于失去的一切、令人追怀追悔的一切。

大地给出了一次次的否定，人类的壮举、欲望和虚荣必要经受这样的否定。但黍离麦秀并不是否定，大地的意志、大地之法就是抹去一切，但是大地上还有这个人在，这孤单的人，他独立于此，他以记忆和悲叹对抗着大地，他是悔恨的，他承担着人的虚妄和荒恶，但是，当他千回百转、一往情深地回望时，当他穿过禾黍、穿过荒野辨认着文明的微光时，这就意味着一切还没有过去，失去的还没有绝对失去。

1912 年，二十九岁的王国维出版《人间词话》，这册薄薄的小书引尼采、叔本华而别开现代感性的天地。新文化阵营锐气方张，一片欢呼鼓噪，苍老的传统词坛沉默着，侧目而视。据说，直到二十世纪八十年代，师承常州词派的一位老先生在复旦讲课，才终于摆出对《人间词话》的批评，其中第四条：（甲）只取明白如话，不取惨淡经营；（乙）只取放笔直干，不取曲折回环；（丙）于爱国词，只取抗金恢复，不取黍离麦秀。

——不得不感慨风气之转移竟有如此"曲折回环"。在 21 世纪的人看来，王国维正是缠绵悱恻的宗主，比如多少人爱着纳兰性德，其实是起于《人间词话》的揄扬加持；岂不知在古典词学的正脉看来，这位纳兰公子只识弯弓射雕、"放笔直干"。

年轻的王国维血气方刚，于南宋词、于爱国词，只取壮怀激烈的辛弃疾，不取黍离麦秀、低回婉转的吴梦窗。然而，观堂先生五十岁自沉昆明湖时，他的背影是近于辛弃疾，还是更像"黍离麦秀"之荒野上的孤独一人？

5

读《诗经》，直接面对文本是可能的吗？自胡适起，现代学人都在探索一种内部的、文本的、直接的解释路径。排除汉儒以降的阐释传统，与古人素面相对，我们相信，这是可能的，经过层层剥离，我们可以接触到那一株鲜花、那本真的声音，这是使经典获得现代生命的唯一之途。

我也曾经这么以为。但是，《黍离》《麦秀》使我意识到这条路径的限度乃至谬误。以《麦秀》而言，如果剥离司马迁的故事，回到文本，回到被封闭在文本中的字句和意象，它的确可以轻易地解为一首情诗，但这让它活了吗？还是它在那一瞬间枯萎了？王力、余冠英诸先生，都把《黍离》解为无名流浪者之歌，这同样是把它从故事中、从历史中、从古典阐释传统中剥离出去。那么，还剩下什么呢？鱼之于水是可离的吗？土之于花是可以剥落的吗？如果，我们拒绝一首经典之诗在漫长阐释和体验过程中形成的繁复语境，鱼和花还在吗？让一代一代人为之流涕为之太息的那灵氛那光芒还在吗?《黍离》这样的诗不是一杯水,是在时间和历史中激荡无数人心魂的长河,现在,将长河回收为一杯水是有意义的吗?

我们是多么傲慢啊,对于起于文明上游的诗,以现代的名义,我们宣布,我们有更高的权威,《毛诗》的阐释、汉儒的故事不过是考古学意义上的"扰乱层",我们必须用铲子把它剥去。

于是,经典被还原为"物",是从古墓里挖掘出来的"物",我们还洗去它的锈迹,让它光亮如新。"层累"的古史观是古史辨学派的基本方法,故事越来越复杂、越来越精彩是古典历史撰述的常态,他们反过来呈露这层层累积的叙述,以求历史的还原。但是,就《诗经》而言,层累本身就内在于诗,对诗的吟咏、阅读、阐释和征用在声音发出的那一刻就已经开始,我们其实已无法越过这一切去寻求唯一之真。《毛诗》的故事无法证实也无法证伪,它是专断的,毫不掩饰它的教化目的。但这其实并不重要,这也不是汉儒的发明,早在春秋时代,《诗》就已经不仅是诗,同时也是知识、教化、交往,承担着复杂的文化功能,在这里没有什么现代的艺术自律性可言,《诗》之为"经"正在于它被理解为这个文明最具根性的声音,从根本上启示和指引着我们的心灵生活和世俗生活。

所以,读《黍离》、读《诗经》,不是自背离《毛诗》开始,而是自遵从《毛诗》开始。

我相信,在某一年、某一天,一位周王室的大夫在废弃的丰镐吟出《黍离》。这首诗和《麦秀》,分别铭刻着华夏文明早期两个伟大王朝覆亡的经验。孔颖达《毛诗正义》把两者明确地联系起来:"过殷墟而伤纣,明此亦伤幽王。"——我们甚至可以推想,这位周大夫应和后来的司马迁一样,听过麦秀之歌,目睹殷人之泪。

当然,这里存在一个问题,平王东迁,犬戎横行,陕西大乱,这位来自洛阳的周大夫,为何来到丰镐,何以来到丰镐?

我们对此永远不能确知了。在这段时间里,孤悬天水的秦国依然保持着对周王室的忠诚,为了酬答秦襄公在周室东迁时的护驾之功,平王把西周故地封赠于秦。房子已经被人占了,平王把房契送给了秦人,这不是应许,而仅仅是安慰,秦必须独自在犬戎的世界里图存、搏斗。这蕞尔小邦,历经襄公、文公、宪公、武公四世,终于打下了一片河山,完成了对渭河平原西周核心

261·

地带的控制。而收复丰镐，应在宪公初年、公元前714年前后，此时上距西周倾覆已经五十多年。在此期间，东周王室想必与秦国保持着联系，一位大夫，奉使赴秦，从洛阳到宝鸡，不管是哪一年，来去之间，都经过了丰镐。

这个人，无名无姓。我们知道的仅仅是，他是"我"，他在诗中自指为"我"。《毛诗》之高明在于，它拒绝像同时代的《韩诗》一样强行赋予此人具体的名字和命运，它有意保持他的无名，《黍离》之"我"由此直接指向了未来岁月中无数个"我"。

6

"彼黍离离，彼稷其苗。"问题是，何为黍，何为稷？

此事自古便是难题。《论语·微子》里，子路问路，被人奚落：四体不勤，五谷不分。这也不知说的是孔子还是子路。孔夫子带领大家读《诗》，一个目的就是多识草木之名，足证他老人家对植物、农作物颇有求知热情，饶是如此，还不免"五谷不分"之讥。可想而知，孔夫子以下，两千多年，历代儒生，分辨黍稷何其难也。

黍相对明白，从汉至清，大家基本赞成它就是一种谷物、一种黏米，现在称黍子或黍米或黄米。许慎《说文解字》解道："黍，禾属而黏者，以大暑而种故谓之黍。""禾属而黏"不错，但接着一句"以大暑而种"就暴露了他可能没种过黍。黍子应是农历四月间播种，五月已嫌晚，到了大暑节气恐怕种不成了。朱熹《诗集传》是《诗经》权威读本，关于黍是这么说的："谷名，苗似芦，高丈余，穗黑色，实圆重。"——朱熹所在的宋代，一丈合现在三米多，快两层楼了，他就不怕诗人淹没在高不见人的庄稼地里？南方不种黍，朱熹生于福建，毕生不曾履北土，真没见过黍子。所谓道听途说，我猜他主要是受了"苗似芦"的说法影响，似不似呢？黍穗确实似芦，或许朱夫子由此望了望窗前芦苇，顺便把芦苇的高度一并送给了黍。

总之，何为黍大致清楚，也是因为黍这个说法从上古一直用到今天，现在的山西还是称黍为黍子、黍米，名实不相离，搞错不容易。而"稷"，先秦常用，汉以后日常语言中已不常用，这个词所指的庄稼，不知不觉中丢了，"稷"成了飘零于典籍中的一个空词。然后，儒生们钩沉训诂，纷纷填空。

朱熹在《诗集传》里总结出一种主流意见："稷，亦谷也。一名穄，似黍而小，或曰粟也。"也就是说，这个"稷"就是北方通称的谷子，就是洛阳含嘉仓里堆积如山的"粟"，脱壳下了锅就是小米。但朱熹横生枝节加了一句"一名穄"，于是围绕"穄"字纷争再起，有人论证出"穄"其实就是黍——但你总不能说黍是黍，稷也是黍吧？

本来，我打定主意听李时珍的，老中医分得清五谷，话也说得明白："黍与稷一类二种也。黏者为黍，不黏者为稷，稷可做饭，黍可酿酒。"简单说，黍是黄米，黏的，稷不黏，是小米。但是，清代乾嘉年间出了一位程瑶田，穷毕生之力写一部《九谷考》，梳理了两千年来关于稷的种种纷争："由唐以前则以粟为稷，由唐以后，或以黍多黏者为稷，或以黍之不黏者为稷。"然后，截断众流，宣布都错了，所谓稷，高粱也。这下莫言高兴了，原来《黍离》中已有一片高密东北乡无边无际的红高粱。

程的结论得到段玉裁、王念孙两位经学大家首肯，认为是"拨云雾而睹青天"，一时成为定论。但此论进入现代又被农业史家们发一声喊，彻底推倒。他们断定，高粱是外来作物，魏晋才传入中国，所以稷不可能是高粱。但没过多少年，考古学家说话了，农业史家们翻了车：陕西、山西等地的考古发掘中陆续发现碳化高粱，铁证如山，高粱四五千年前就有。

那么，稷就是高粱了？却也未必。四五千年前有，只能证明高粱是高粱，不能证明高粱是稷。先秦文献中通常黍稷并提，稷为"五谷之长"，这个"长"怎么解释？程瑶田憋了半天，最后说因为高粱在五谷中最高。照此说来，难道县长市长是因为个子最高才当的县长市长？五谷之长必定意味着该作物在先民生活中具有首要地位，并蕴含着由此而来的文化观念，周之先祖为后稷，家国社稷，社为土神，稷为谷神，此"稷"至关紧要。《诗经》中，提到黍的十九处，提到稷的十八处，黍稷是被提到最多的谷物。高粱固然古已有之，但它的重要性绝不至此，它并非北方人民的主食，更不是支撑国家运转的基本资源，具有如此地位的，只有粟－谷子－小米。

所以，黍与稷，还是黄米与小米、黍子与谷子。

由此，也就解决了下一个问题，何为"离离"？历代注家大致分为两派，一派是，离离，成行成列之意，所谓历历在目；另一派，是朱熹《诗集传》："离离，垂貌。"

263 ·

你站在黍子地里，放眼望去，除非还是青苗，否则定无阅兵般的行列感，你看到的是密集、繁茂、低垂。古人常取"离离"蔫头耷脑之意表黯然、忧伤、悲戚之情，如《荀子·非十二子》："劳苦事业之中则儢儢然、离离然"，《楚辞·九叹·思古》："曾哀凄唏，心离离兮"。

于是，我们看到，《黍离》的作者，他行走在奇异的情境里，那黍一直是"离离"的，被沉甸甸的黍穗所累，繁茂下垂；而那稷却一直在生长，彼稷之苗、彼稷之穗、彼稷之实，季节在嬗递，谷子在生长成熟，问题是，为什么黍一直"离离"，再无变化？

黍和稷、黍子和谷子的生长期大体一致，《小雅·出车》中说："黍稷方华"，都是春播秋熟，绝没有黍都熟了谷子还长个不休的道理。此事难倒了历代注家评家，众说纷纭。古人和今人一样，认定诗必须合乎常理不合就生气的占绝大多数，不通处强为之通，难免说出很多昏话。以我所见，只有元代刘玉汝的说法得诗人之心："然诗之兴也，有随所见相因而及，不必同时所真见者，如此诗因苗以及穗，因穗以及实，因苗以兴心摇，因穗以兴心醉，因实以兴心噎，由浅而深，循次而进，又或因见实而追言苗穗，皆不必同时所真见。"（《诗缵绪》卷五）

——"不必同时所真见"，正是此理。《黍离》的作者，这伟大的诗人，他具有令人惊叹的原创力，他用词语为世界重新安排秩序，让黍永恒低垂，让稷依着心的节律生长。

7

"彼黍离离"，低垂、密集，繁茂缭乱令人抑郁，那不是向上的蓬蓬勃勃，而是凝滞、哀凄，世界承受着沉重、向下的大力。

但是请注意那个"彼"——那是远望、综览的姿势，是在心里陟彼高冈，飞在天上，放眼一望无际。

在《毛诗》中，这空间的"彼"被赋予了历史的、时间的深度："彼，彼宗庙宫室。"作者所望的是"彼黍"，同时也是"彼黍"之下被毁弃、被覆盖的宗周。

然后，全诗三章，再一次又一次的"彼黍离离"，似乎作者没有动，似乎他被固定在这巨大凝重的时空中，一切都是死寂的静止的，茂盛而荒凉。

但是，在这凝重的向下的、被反复强调的寂静中，在这寂静所证明的遗忘中，一个动的、活的意象进入："彼稷"——那谷子啊，它在生长，从苗，到穗，到实……

黍不动，黍是世界之总体，而接着的"彼稷"，却是从整体中抽离出来，去辨析、指认个别和具体，那是苗，那是穗，那是成熟饱满的谷……

这是时间的流动，也是空间的行进，这个作者在大地上走着，岁月不止，车轮不息……

回到《毛诗》的故事，也许这位周大夫真的来来回回从春天走到了秋天，东周时代的旅行本就如此漫长。

但在这诗里，行走只是行走，与使命无关。"迈"，远行也，《毛诗》郑笺云："如行而无所至也"，"行迈"，就如同《古诗十九首》的"行行重行行"。"行迈靡靡""行迈靡靡""行迈靡靡"，停不下来，他茫然地走着，已经忘了目的或者本就没有目的，他就这样，不知为何、不知所至地走在大地上。

这无休无止的路，单调、重复，但"我"的心在动，"中心摇摇""中心如醉""中心如噎"。心摇摇而无所定，心如醉而缭乱，最后，谷子熟了，河水海水漫上来，此心如噎几乎窒息……

"知我者谓我心忧，不知我者谓我何求！"此时，这首诗里不仅有"我"，还有了"他"，"他"是知我者和不知我者，是抽象的、普遍的，"他"并非指向哪一个人，"他"是世上的他人他者。"他"进入"我"的世界，但与此同时，"他"又被"我"搁置——"知我者谓我心忧，不知我者谓我何求！"一遍、两遍、三遍，重复这两个句子，你就知道，它的重心落在后边：知我者谓我心忧——假如知我，会知我心忧，但不知我者，必会说我在求什么图什么多愁善感什么？而此时此刻，在这死寂的世界上，既无知我者也无不知我者，心动为忧，我只知我的心在动，摇摇、如醉、如噎，我无法测度，无法表达，无法澄清在我心中翻腾着的这一切——

直到此时，这个人、这个"我"是沉默的，他封闭于内心，然后忽然发出了声音："悠悠苍天，此何人哉。"

悠悠苍天，此何人哉。

悠悠苍天，此何人哉。

随着摇摇、如醉、如噎，这一声声的"天问"或"呼天"，也许是节节高亢上去，也许是渐渐低落了，低到含糊不可闻的自语。

此时，只有"我"在，只有悠悠苍天在。

8

阐释起于结尾。如何理解《黍离》，取决于如何理解它的"天问"或"呼天"。

在《毛诗》的故事里，这个人，望着这故都，眼看着昔日的宫殿和宗庙已成田畴，无限凄凉，万般忧愤：悠悠苍天，此何人哉！

后世的儒生们替他回答：当然是周幽王。宠溺褒姒的幽王、废嫡立庶的幽王、烽火戏诸侯的幽王，这无道之君、亡国之君，就是他！

然后，他们沉吟赞叹：如此的感慨沉痛，仰天太息，却不肯直斥君上，憋得要死，也只是"此何人哉！"这是怎样的温柔敦厚，怎样的中和之美，怎样的思无邪而厚人伦啊。

《毛诗》将《黍离》置于宏伟背景和浩大命运之中，却给出了一个不相配的就事论事的结论。作为末代之君，幽王的责任不言自明，同时代的其他诗篇中对此有过直截了当的指斥，《大雅·正月》："赫赫宗周，褒姒灭之"，话说得一点也不中和。此时这位周大夫以如此汹涌而压抑的情感，俯对地而仰对天，难道只是为了发表已成公论的对幽王的怨怼和谴责？

汉儒也许是受到了《麦秀》的解释路径的影响。毛氏和司马迁很可能分享共同的知识来源，《麦秀》指斥纣王，《黍离》之问也就顺理成章地落实为幽王，当然这无疑符合《毛诗》的政教旨趣。但作为诗人，箕子远不能与《黍离》的作者相比，箕子之叹是叙事性的，是人对人的悔恨，《麦秀》起于麦黍，但其实并无天地，在箕子之上、纣王之上、殷商兴亡之上，那更为浩大的力量，并未进入箕子的意识。而《黍离》的作者，这伟大的诗人，他踟蹰于大地，他经历着世界的沉沦，无情的、冷漠的沉沦，似乎一切都不曾存在，只有他，行于天地间，那不在的一切的重量充塞于胸臆，这时，他会仅仅想到幽王？渺尔幽王，又何以担得起如此浩大之重？

在古文中，"人"同于"仁"，所以是——

悠悠苍天，此何仁哉。

天地不仁，以万物为刍狗。老子必定读过《黍离》，老子的声音是《黍离》的回响。

9

此时的人们很难理解《黍离》作者的悲怆，很难体会那种本体性的创伤。西周的倾覆只是课本上的一段，历史沿着流畅的年表走到了今天，此事并没有妨碍我们成为今天的我们。但是，在当时，在公元前770年，一切远不是理所当然，对于当时的人来说，此事就是天塌地陷。更重要的是，他们还不像后世的人们那样饱经沧桑，他们涉世未深，从未有过这样的经验，塌陷和终结猝不及防地降临，在那个时刻，二百七十六年中凝聚起来的西周天下忽然发现，他们认为永恒的、完美的、坚固的事物竟然如此轻易地烟消云散。

这种震惊和伤痛难以言喻。后世的人们知道，这是黍离之悲、麦秀之痛，甚至会说"黍离麦秀寻常事"。但彼时彼地，正当华夏文明的少年，天下皆少年，他们无法理解、无法命名横逆而来的一切。在当时人的眼里，西周无疑是最完美的文明，是他们能够想象的人类共同生活的典范极则。伟大的文王、武王和周公在商朝狞厉残暴的神权统治的废墟上建立了上应天命的人的王国、礼乐的王国，以此在东亚大地上广大区域、众多部族中凝聚起义化和政治的认同，未来世世代代的中国人所珍视的一系列基本价值起于西周，我们对生活、对共同体、对天下秩序的基本理念来自西周。而如此完美的西周转瞬间就被一群野蛮人践踏毁坏、席卷而去！是的，平王东迁，周王还在，天子还在，但是，都知道不一样了，东周不是西周，那个秩序井然的天下已经一去不返，这是永恒王国的崩塌，永恒秩序的失落。

此何人哉！此何仁哉！

西周就这么亡了。赫赫宗周，它的光被吹灭，这光曾普照广土众民。当时和后来的人们力图作出理解，按照他们所熟悉的西周观念，王朝的兴衰出于天命，那么，这天命就是取决于那无道的幽王、那妖邪的褒姒？他们是天命之因还是天命之果？如果有天命，而且天命至善无私，那么那野蛮的犬戎又是由何而来?

悠悠苍天，此何仁哉!

天意高难问。但中心如噎，站在地上的人不能不问。——"彼狡童兮，不与我好兮!"这悲叹的是人的错误，已铸成，可悔恨，它牢牢地停留在事件本身，因此也就宣告了事件的终结。但是，悠悠苍天，此何仁哉，这超越了事件，这是对天意、对人世之根基的追问和浩叹。

这是何等的不解不甘! 正是在如此的声音中，西周的倾覆带来了当时的人们绝未想到的后果：它永不终结。它升华为精神，它成为被天地之无常所损毁的理想。不解和不甘有多么深广，复归的追求就有多么执着。在紧接而来的春秋时代，在前仆后继的漫长历史中，在孔子心中，在无数中国人心中，西周不是作为败亡的教训而存在，而是失落于过去、高悬于前方的黄金时代，是永恒复返的家园。直至今日，当我们描述我们的社会理想时，使用的依然是源于西周的词语："小康"-"大同"。

在《黍离》中，华夏文明第一次在超越的层面上把灾难、毁灭收入意识和情感。西周的猝然终结为青春期的华夏注入了前所未有的经验和信念，这是失家园、失乐园，是从理想王国中被集体放逐、集体流浪，华夏世界在无尽的伤痛中深刻地意识到天道无常，意识到最美和最好的事物是多么脆弱。在两千年后的那部《红楼梦》里，白茫茫一片大地真干净，这是人生的感喟，更是对文明与历史的感喟，一切终将消逝，正如冬天来临。但唯其如此，这伟大的文明，它随时准备着经历严冬。《黍离》这苍茫的咏叹标记出对此身与世界更为复杂、更为成熟强韧的意识，我们悲叹天道无常、人事虚妄，这悲叹是记忆，是回望，亦是向着黄金时代复归的不屈信念。

在此时，《黍离》的作者行走着，"行迈靡靡""行迈靡靡""行迈靡靡"，他不知道，他会走很远很远，走进一代一代人的身体和心，摇摇、如醉、如噎……

10

那一年在陕西关中大地上走过的那位诗人，《黍离》的作者，他的年纪是多大呢? 他必定经历了幽王统治时期的混乱动荡，他至少已经四十多岁，

甚至五十岁、六十岁了。五十而知天命，以那时的平均寿命，他是一位老人，
他的声音已进苍茫暮年——

> 支离东北风尘迹，漂泊西南天地间。
>
> 三峡楼台淹日月，五溪衣服共云山。
>
> 羯胡事主终无赖，词客哀时且未还。
>
> 庾信平生最萧瑟，暮年诗赋动江关。
>
> （杜甫·《咏怀古迹五首之一》）

　　一千五百多年后，公元 766 年，杜甫困顿于夔州，他同样经历着文明之
浩劫，一切都在衰败沉沦。支离漂泊于东南西北、行迈靡靡于江畔山间的杜甫，
平生萧瑟如庾信，亦如《黍离》的作者——杜甫或许不曾想过他走进了《黍离》
作者所在的暮色苍茫的原野，他根本不必想，《黍离》的作者在山巅绝顶上
等待着来者，正如庾信和杜甫是同一人，杜甫也必定是写出《黍离》的那个人。

　　此前九年，杜甫四十六岁，逃出叛军盘踞的长安，奔赴肃宗行在。当年
闰八月，他回家探亲，路经玉华宫，昔为贞观胜境，如今已成废墟，"忧来
藉草坐，浩歌泪盈把。冉冉征途间，谁是长年者。"——这无数人行迈靡靡
的冉冉征途啊，有谁是那个一路走来的"长年者"？当然，没有谁。凯恩斯说：
"从长远看，我们都已经死去。"人只能活在当下，经济政策应以当下的利
害为权衡。这当然不能安慰杜甫，凯恩斯和杜甫说的是一件事，但意思南辕
北辙。"谁是长年者"？人如此有限，真的能够有限地度过此生又是多么幸运，
"愿为五陵轻薄儿，生于贞观开元时。斗鸡走犬过一世，天地兴亡两不知。"
（王安石《凤凰山》）而现在，这有限的人竟然活了这么长，把沧海走成桑
田，把宫观走成了丘墟，以有限的此生经受历史与自然的茫无际涯，此时此
刻，这热泪这浩歌这孤独藉草而坐，是根本的意义危机、人之为人的危机，
正如赫拉克利特所言："我们走下又不走下同一条河，我们存在又不存在。"
如果万物周流、无物常驻，那么，此何人哉、此何人哉，此时此刻的"我"
有何意义？对此问题，古希腊人的答案是逻各斯，而在中国，在《黍离》的
作者这里，在杜甫这里，却另有一条艰险的路。

　　暮年诗赋动江关，第二年，公元 767 年，杜甫五十六岁，九九重阳之日，

赋诗《登高》：

> 风急天高猿啸哀，渚清沙白鸟飞回。
>
> 无边落木萧萧下，不尽长江滚滚来。
>
> 万里悲秋常作客，百年多病独登台。
>
> 艰难苦恨繁霜鬓，潦倒新停浊酒杯。

登上巅峰，与《黍离》劈面相认。天之高，地之大，无边落木，不尽长江，纵目望去，空阔、刚健、明澈、奔腾，然后，他的声音自高处、自天地间渐渐收回，收回到此身此心，万里悲秋、百年多病，最后，停在了满头白发、一杯浊酒。

何其雄浑高迈。但为什么，他的声音低下去、低下去，低到连一杯浊酒其实也是没有。

不可按诗句的时间顺序理解这首诗，《登高》是反时间的，是永恒是没有时间，悲秋、多病、艰难、潦倒，与动荡不息的天地并在，至高与至低并在。这是一个本体性的局面，是一个人在终点、在暮年，以水落石出的卑弱、以人的有限独对无限的悠悠苍天。

无穷无尽的回响中，《黍离》是本原。儒生们力图将它锚定在特定的历史事件之中，但它是不尽长江，当陈子昂登幽州台，《黍离》的声音在他心中回荡："前不见古人，后不见来者，念天地之悠悠，独怆然而泣下。"而当杜甫独自登高，《黍离》的作者就在他的身上，这诗必起于"彼"而结于"此"，必对于天而立于人。

"悠悠苍天，此何人哉"，于是有第三解。"此"可以是幽王可以是天，但也是诗人自我。悠悠苍天啊，这里站着的，只有我，这个历尽沧桑的我，这个心忧天下的我，这个老不死的依然站在这儿忍看这一切的我，这活在记忆之中、活在自己的内部，活在文明的浩劫、万民的苦难中，活在这生机勃勃、无知无识的大地之上的我，前不见古人后不见来者，站在此生尽头，苍老、孤弱而瘦硬。

只有这个"此"，才和浩浩荡荡反复展开的那个"彼"势均力敌、遥相呼应，彼是无情的天地，然后，天地间有这一个有心有情的"此"。"此何人哉"，在现代印刷文本中通常被标记成问号或叹号，这是现代强加之物，按照各自的意图实施对音调和语意的引导和封闭。"此何人哉"后边原本没有标点，"哉"本身就是在标记语气就是百感交集，就同时是问号叹号省略号破折号："此何人哉？！……——"这是质问是自问是悲叹是呼告是省思是激昂是低回，是对着悠悠苍天回望此身此心……

《黍离》的作者，他发明了、打开了、指引了华夏精神中最具根性的自我的内面：这里有一个"我"，有此生此世，是有限的、相对的；这个"我"终要面对的是那"不仁"的天地，是天地对人的绝对否定。对此，希伯来文明诉诸超验的上帝，而在公元前8世纪，《黍离》的作者，他在荒野上得自自我的觉悟是，天何言哉，天不会回答你不会拯救你，这里只有"我"，只有这个孑然孤弱之人，这才是静默的悠悠苍天下一个最终的肯定。对《黍离》的作者来说，他必须由此开始踏上"人"与"仁"的"冉冉征途"。

然后，有孔子，有杜甫，有中国人……

——我把这叫做暮年风格。这是中国诗学的巅峰。华夏文明在《黍离》的作者行经丰镐之野时独对天地，在灾难和丧乱中准备着少年、中年和暮年，准备着历尽沧桑、向死而生，准备迎接和创造自己的历史。

271 ·

11

他说："知我者谓我心忧，不知我者谓我何求。"

两千五百年后，宝钗过生日，贾母做东，请了一班昆弋小戏。戏唱完了，见唱戏的孩子中一个小旦生的可爱，便有人说：这孩子像一个人呢。像谁？却又都含笑不说，偏是那湘云嘴快，宝玉连忙使眼色也没拦得住：像林妹妹！

就这么一件细事，黛玉不高兴了，湘云也不高兴了。宝二爷两边赔罪，反挨了两顿抢白。无事忙先生想想无趣，心灰意冷，忽记起前日所见庄子《南华经》上有"巧者劳而智者忧，无能者无所求，饱食而遨游，泛若不系之舟"，遂写下一偈：

你证我证，心证意证。

是无有证，斯可云证。

无可云证，是立足境。

这偈后来又被黛玉湘云等一通嘲笑，黛玉提笔续了一句："无立足境，是方干净。"

此时是《红楼梦》第二十二回，宝钗十五岁，宝玉十四岁，黛玉十三岁。一部《红楼梦》，离真干净的白茫茫大地、离黍离麦秀还远，正是良辰美景、姹紫嫣红开遍的春日。

"巧者劳智者忧，无能者无所求"——我母亲平日顺口溜一般挂在嘴边，少年时我一度以为此话的作者就是我妈，后来读了书，才知语出《红楼》，而《红楼》又来自《庄子·列御寇》。在庄子看来，劳与忧，皆为人生烦恼，烦恼之起，盖源于巧、智。巧或智必有所求，必要炫巧逞智，不被人叹羡的巧算什么巧，不表达不践行的智算什么智，于是巧者劳智者忧，人生烦恼几时休。对此，庄子和老子开出了药方：绝圣弃智，去巧智，蔽聪明，此身作"不系之舟"，随波逐流，应物无着，俗语所谓不占地方，宝玉参禅，黛玉续偈，最后一境便是无立足境，"无立足境，是方干净。"如此则吃饱了晃荡烦恼全消——至于活着还有什么意思那另说。

然后，由庄子、老子溯流而上，我们又看到了《黍离》的作者。

从"知我者谓我心忧，不知我者谓我何求"，到"巧者劳智者忧，无能者无所求"，"忧"与"求"并举，"何求"与"无所求"相对，清晰地标记出由《黍离》时代到庄子之世，华夏世界的人们省思人生的基本进路。《诗经》三百零五篇，不计通假字，用到"忧"字的三十五篇，分布于十五国风、大雅小雅，只有颂无"忧"。"乐"是个人的，也是公共的，所谓"钟鼓乐之"（《国风·周南·关雎》）；"忧"却只是个人的，是内在的体验，《说文解字》说，忧者心动也，心动不动当然只有自知，所谓"我心忧伤"（《大雅·正月》《大雅·小弁》《大雅·小宛》），这忧伤必是人的自我倾诉。"一人向隅，满座为之不欢"，说的就是在群我之间，乐与忧的张力关系，乐可共享，忧必独弹。

三十五篇忧之诗，大致可分两类，一类三十四篇，皆为可知之"忧"，抒情主体自我倾诉、自我澄清，他和我们得以感知他的忧因何而起，动心之风由何而来。也就是说，这三十四种忧都可以在具体的、个别的经验和事件中得到解释和安放。

但是，还有另一类。此类只有一篇，就是《黍离》。《黍离》之忧，不知从何来，不知向何处去。当然，《毛诗》讲了故事，做了解释，但如前所述，这个故事是从外部赋予的，我信《毛诗》，但它的故事除不尽《黍离》，依然存有一个深奥的余数。前人读《黍离》，言其"专以描摹虚神见长"（方玉润《诗经原始》），说它"感慨无端，不露正意"（贺贻孙《诗触》），所谓"虚神""无端"，指的正是这个说不清道不明的余数。这个作者，他如此强烈地感知着他的心忧，但他不愿甚至拒绝对这心忧作出澄清，"知我者谓我心忧"，知道我的人自会知道，但他在大地上踟蹰，肯定不是在寻找知我者，有没有知我者他甚至并不在意，因为他马上以拒绝的语气说出了下一句"不知我者谓我何求"，然后，在这不知我或者知我不知我随他去的世上，才接着有了再下一句："悠悠苍天，此何人哉。"

现在，重读一遍宝玉的偈语："你证我证，心证意证。"此为知我者；"是无有证，斯可云证"，定要人"知"，已是执迷；"无可云证，是立足境"，人生立足之境，就是无知我亦无不知我。至此，《黍离》的作者与宝玉、与庄子可谓同道，然后，最后一句，"无立足境，是方干净"，不系之舟，放下巧智忧劳，得自在随性，但《黍离》的作者，他在此处与老庄决然分道，在华夏精神的这个根本分野之处，他不是选择放下，而是怀此深忧，独自对天。

《黍离》之忧超越有限的生命和生活。这不是缘起缘灭之忧，是忧之本体。乐无本体，必是即时的、当下的；而本体之忧所对的是天地的否定，是广大的、恒常的，超出此身此生此世。说到底，我们都是要死的，唯其如此，人之为人，人从草木中、从自然的无情节律中自我超拔救度的奋斗正在于"生年不满百，常怀千岁忧"（《古诗十九首》），在于"心事浩茫连广宇"（鲁迅），在于将自己与广大的人世、文明的命运、永恒的价值联系起来的责任和承担。

如此之忧，摇摇、如醉、如噎，具有如此的深度和强度，它在根本上是孤独的，它面对自然和苍天，但它不能在自然和苍天那里得到任何支持和确认，它甚至难以在世俗生活和日常经验中得到响应。《古诗十九首》中，"生年不满百，常怀千岁忧"，下一句就是："昼短苦夜长，何不秉烛游"，这也正是"不知我者谓我何求"。从"已矣哉，国无人莫我知兮"（屈原《离骚》），到"忧来无方，人莫之知"（曹丕《善哉行》），这个诗人、这个忧者注定无依无靠。这不仅是外在的孤独，这本就是一种孤独的道德体验，一种必须自我确证的存在。由此，我们或许可以更深地理解那被无数人说了无数遍的话："先天下之忧而忧。"他必须、只能先于天下。"无立足境，是方干净"，而《黍离》的作者选择的不是无，是在无和否定中坚忍地确证有。

三千年前，这个走过大野的人，他走在孔子前边，是原初的儒者，他赋予这个文明一种根本精神，他不避、不惧无立足境，他就是要在无立足境中、在天地间立足。

悠悠苍天，此何人哉。

这个人不知道自己的声音意味着什么。他其实对在那一刻蓦然敞开的这个"人"也满怀疑虑和困惑。他就这样站在山巅绝顶，由山巅而下，无数诗人在无数条分岔小径上接近他，或者以逃离的方式向他致敬。

他是中国史上最伟大的诗人之一，以一首诗而成永恒正典。

（选自《十月》2020 年第 3 期）

从"天鹅"到"野鸭"：当代诗中的鸟类母题

/ 李海鹏

一、"鸟类的传记"

在一篇谈论"土拨鼠"的文章里，张柠曾整体性地夸赞过动物们卓越的目光："动物的确见得很多。它们看见了人所能见的部分，还看见了人不能见的那一部分。"而在诸多动物之中，鸟类对于写作者来说是极为特别的一种，几乎很少有写作者笔下没出现过与鸟类相关的词汇。其中重要的一个原因或许是，鸟类懂得飞翔和歌唱，而这两样能力，则是人类想在写作中实现的最重要的渴望和梦想。因此，对鸟类的书写，往往构成了对飞向理想世界、追寻存在之声的隐喻。

西方哲学在"语言学转向"之后，语言取代了人的主体性，成为认知世界的崭新主体，一种语言本体论的语言哲学观念由此形成。不同于"我思故我在"式的主体性哲学，"被言说的，才是存在的"构成了语言本体论的核心观念。由此而来，试图超越表象世界，追求存在之声，这样的价值观念，便对位于语言的存在价值。也就是说，只有用语言来言说存在，存在才是可能的。语言的存在价值意味着语言本体论观念下对存在之声的追求与价值倾向。实际上，语言本体论观念深刻影响了现代诗歌的语言观念与诗学观念，具有现代语言意识的诗人往往拥有这种语言本体观念的自觉。有趣的是，这些诗人笔下所出现的鸟类，又往往构成了对语言存在价值的隐喻。在他们的很多诗里，鸟类占据着语言符号系统的中心，就像华莱士·史蒂文斯名作《十三种看乌鸫的方式》中的"乌鸫"一样，其他词语围绕着这一中心结成有意义的符号系统。张枣在《卡夫卡致菲丽丝》第三首中写道："致命的仍是突围。那最高的是 / 鸟。在下面就意味着仰起头颅。""鸟"在这里构成了"突围"不断被渴望、试图去达成的归旨，是符号系统的最高处，是语言存在价值的居所。

在这个意义上讲，毕肖普写鸟类的名诗《矶鹞》结尾让人难忘，它所展示的正是语言存在价值显现的时刻，那令人晕眩的美：

> 寻找着某种事物，某物，某物。
> 可怜的鸟儿，他着了魔！
> 数百万沙砾呈黑色、白色、黄褐、灰，
> 掺杂石英颗粒，玫瑰晶与紫晶。

被元素照亮的海滩，仿佛创世之初的景象，闪烁着本源性的光辉。只有沉浸到语言存在价值的深处，语言才能呈现出这样的状态。在这个意义上讲，"鸟儿"对于很多诗人来说，都构成了自己希望在语言中抵达的存在之镜像。约瑟夫·布罗茨基在谈论德里克·沃尔科特，这鸟类书写的大师时说："诗人们的真正传记就像鸟类的传记一样。"

由此出发，本文想要讨论的问题是，对于具有语言本体观念的那些当代中国诗人来说，他们诗歌中的鸟类书写，是否能够形成母题性的意义，它们会呈现出怎样纷繁的面貌？我们透过这种纷繁，是否能够从中看到某些脉络性的语言本体观念史，其中是否又隐含了与当代诗学策略相关的结构性调整？

二、"天鹅之死"与"领受天鹅"

1983 年初秋，欧阳江河写出了短诗《天鹅之死》。而在正好 30 年后，欧阳江河在一篇访谈中极具追认性质地将这首诗视作自己诗歌写作的起点。全诗如下：

天鹅之死是一段水的渴意
嗜血的姿势流出海伦
天鹅之死是不见舞者的舞蹈
于不变的万变中天意自成

或仅是一种自忘在众物之外
一个影子摇晃一座空城
使六面来风受困于幽谷
使开过两次的情窦披露隔夜之冷

谁升起，谁就是暴君
战争的形象在肉体中逃遁
抚摸呈现别的裸体
——丽达去向不明

　　在那篇访谈里，欧阳江河谈到了这首诗写作的来由："后来是我写《天鹅之死》那首诗，已有了我后来诗歌的雏形了…… 这首诗表面上是在援引希腊神话，和叶芝的《丽达和天鹅》，好像是余光中翻译的， 余光中的诗我后来一直没有喜欢，但是他翻译的这首我喜欢，所以我的这首诗与那首诗构成了一个互文。《天鹅之死》这首诗既对应神话的叙事，又对应另一首诗， 甚至对应一种翻译。后来这首诗我又看了袁可嘉的翻译，袁可嘉对叶芝的翻译我是非常认可的，但这首诗余光中翻译得更好， 给我一种张度。"欧氏在这首诗中已然发生了"词的觉醒"，他找到了自己语言本体论的发生机制。那么由此而来的问题就是，在这首起始之作里，究竟隐含着怎样的语言本体论机制？他这首诗与叶芝《丽达与天鹅》之间是如何对照的，这首诗的语言本体论机制与1980年代诗歌的整体语言策略又有何关联？

　　叶芝名诗《丽达与天鹅》是晚期之作， 收在诗集《塔楼》中，同集中名诗极多， 比如《驶向拜占庭》《塔楼》《在学童中间》等，都为人所耳熟能详。这首诗初成于1923年，后来几经修改，最后于1928年定型为如今的面貌。这是一首十四行诗， 无论从形式还是内容上讲，这首诗都非常精湛，对于它的评价，历来极高，有西方学者称这首诗为"有史以来所有诗作中最无法再提升的诗之一"。正如艾略特认领了"丁香"，里尔克认领了"天使"一样，叶芝仅凭这首短诗，就在西方的文学谱系中认领了"天鹅"。

这首诗的取材来自希腊神话：宙斯化身天鹅，强奸了斯巴达王廷达俄瑞斯的王后丽达，并生下了海伦（性爱的象征）、克吕泰涅斯特拉（阿伽门农之妻）和狄俄斯库里兄弟（战争的象征）。作为这一强奸事件的著名结果，海伦因与特洛伊王子帕里斯私奔而引发了特洛伊战争，而得胜归来的希腊统帅阿伽门农则死于与人私通的妻子克吕泰涅斯特拉之手。据傅浩《叶芝评传》所云，晚年的叶芝，"年纪老大和健康恶化导致性功能衰退。叶芝深恐自己会因此丧失创造力。为了遮人耳目，他变本加厉地讴歌性爱……它不仅把性欲当作个人创造力之源，而且甚至视之为人类历史的原动力"。这很有些弗洛伊德主义的影子，但不论如何，性欲以及由之而起的历史的暴力，是这首诗要书写的对象。如果仔细研读这首诗的英文原文，我们会发现，淫荡露骨，暴虐无耻，充满肉感，力量十足，是这首诗最明显的抒情风格，作为凡人和受虐者的丽达，必须要领受的便是伪装成天鹅的神祇与施暴者宙斯所携带的暴力之爱，而对暴力之爱的领受，才会引发人类历史的原动力，当然，历史的动力、革命的动力，同时也是人类历史的巨大危机，这构成了一种辩证：人类有形、经验的肉体唯有陷入被无形、超验的暴力所虐待的巨大危机中，才能获得历史滚滚向前的动力学。

其实，灵与肉的碰撞、肉体与理念的冲突、经验与超验的龃龉，贯穿于叶芝一生写作的始终，晚年的叶芝，因为肉体的衰朽，开始格外重视肉体与经验的价值。这首诗所隶属的诗集《塔楼》，便是叶芝"晚期风格"昭著的作品："此时，叶芝已进入第三个阶段，比之前任何时候都更要贴近现实世界，与中期的'但丁时期'相比，他不再那样傲岸不群、漠视世情。"[1] 因为此时的叶芝，面对衰老的肉体（"一个令人舒适的老稻草人"），不再坚持超验价值的永恒之美，正如他在《在学童中间》所写到的，自己作为一个"六十岁的含笑的公众人物"，去参观修女办的女校，看到年幼的女孩子，突然想到"一个丽达那样的肉体"（这映射着其终生之爱毛特冈），那样的美，如

---

[1] 埃德蒙·威尔逊：《阿克瑟尔的城堡：1870年至1930年的想象文学研究》，黄念欣译，江苏教育出版社，2006年12月，第46页。

今也已衰老，永恒又安在呢？"所有躯体的美不都是注定要衰朽的吗？即使是修女们所崇拜的神性之美，不也是无法跟肉体的形象分离的吗？"[1] 唯有灵肉合一的状态，才是完满的"月相"（Phase）[2]，正如这首诗著名结尾所暗示的，舞蹈与舞者本来就是合一的，根本无法区分，灵肉合一才是永恒的美。正因为源自叶芝晚年对肉身的重视，这首《丽达与天鹅》才如此肉感，虽然它表现的是"暴力与无助之间不可避免的冲突"[3]，但是，这冲突的不可避免，正是晚期叶芝想要抵达艺术的永恒之境所必需的方式，人类的肉体与神性的暴力相媾和、相统一、不再区分，才能激发出最强劲的语言感染力。这首诗所要呈现的，正是肉体与神性、强者与弱者在性爱的暴力中实现的辩证与完满。

再回过头来，说欧阳江河。所有译本中，真正对他造成语言觉醒的是余光中的译本。那么问题来了，相比于其他译本，余光中的译本究竟有何种特色？这里面便暗藏着解开欧阳江河诗歌语言意识的密码。

从这首诗的最后七行中便可见端倪。英文原文及三个中译本如下：

A shudder in the loins engenders there
The broken wall, the burning roof and tower
And Agamemnon dead.
Being so caught up,
So mastered by the brute blood of the air,
Did she put on his knowledge with his power
Before the indifferent beak could let her drop?

腰际一阵颤抖，从此便种下
败壁颓垣，屋顶和城楼焚毁，

---

[1] 同前，第 47 页。

[2] "月相"（phase）是叶芝思想体系中非常重要的概念。参傅浩：《叶芝评传》，浙江文艺出版社 1999 年 12 月，第 195 页。

[3] "The inescapable contrast is between power and helplessness"，see Balachandra Rajan: W.B.Yeats,A Critical Introduction, Routledge,2017,P133。

而亚加曼侬死去。
就这样被抓，
被自天而降的暴力所凌驾，
她可曾就神力汲神的智慧，
乘那冷漠之喙尚未将她放下？
（余光中译）

腰股间的一阵战栗带来
墙坍，房顶和塔楼燃烧，
阿伽门农死了。
如此被抓获，
被空中飞来的野种所制伏？
在无情的喙放开她之前
她是否从他的力量获得了知识？
（袁可嘉译）

腰际一阵战栗于焉产生
是毁颓的城墙，塔楼炽烈焚烧
而阿加梅侬死矣。
被如此攫获着，
如此被苍天一狂猛的血力所制服，
她可曾利用他的威势夺取他的洞识
在那冷漠的鸟喙废然松懈之前？
（杨牧译）

　　三个译本各有千秋，相比起来，袁可嘉译本更为口语一些，杨牧的译本则最为文气，传达出一种汉语古典之美。而余光中的译本似乎居于两者中间。该诗第十二行是个孤悬小短句，在形式上，就像一只鸟爪一样将整首诗抓了起来，而且它在内容上也正是在表现丽达的被抓获状态，可以说形式与内容结合得非常完美。灵与肉、强与弱被包孕在一起，它所承载的正是莱辛在《拉奥孔》中说的"艺术最富包孕性的瞬间"。王家新对此处短句的评价与莱辛的理念形成了清晰的呼应："显得很突兀，但又定格了那个'神人合一'的瞬间。"对此短句的翻译，杨牧译本以"着"字的使用而翻译出了它的状态感和瞬间感，另外两个译本则在此方面有所丢失。其实，这三个译本更为重要差别还不在此处，而是在对"brute blood"的翻译上，可以说，三者此处的差异完美凝结着各自译本的追求。杨牧译本为"狂猛的血力"，传达出了"血"的形象，是三个译本中最具语言肉感的一个；而袁可嘉译为"野种"，意在强调强奸的背德感，突出的是道德判断，有一种巴塔耶意义上的"文学与恶"的意味；而余光中将此译为"暴力"，且用"凌驾"一词来与之搭配，其实是将肉感取消了，将语言抽象化了，在语言本体论的意义上讲，余光中的译本最具语言的暴力，它突出的是"天鹅"所承载的语言存在价值作为强者，对"丽达"的肉体所承载的语言表象价值的"凌驾"与取消，因此说，这是极具语言暴力的翻译。晚年的叶芝，推崇性爱，推崇肉欲，然而他在将性爱尊为神的暴力时，恰恰不能取消的是丽达的肉体，因为如果暴力被抽象化了，那么性爱的力量便无法实现，其结果，恰恰是性爱的失败，也是诗歌实现诗意完满的失败。由此观之，余光中的译本在语言肉感的层面上流失最多，正如"暴力"一词所揭示的，很大程度上放逐了语言的肉感。"暴力"一词的选用，恰好构成对他译本的语言追求的转喻。

行文至此，我们便清晰明了为何欧阳江河如此喜欢余光中的译本，也在源头性的意义上佐证和揭示了欧氏诗歌的语言意识。钟鸣在《旁观者》中曾说过欧氏的诗歌语言"太过理念化和论辩性"，理念性的词总是凌驾于现实性的词。在这首《天鹅之死》中，"谁升起／谁就是暴君"一句，很明显有余光中译本的影子，它直接来源于余氏对"暴力"一词的翻译。余光中译本究竟如何影响了欧阳江河，以及欧阳江河对语言暴力的迷恋，透过他这首起始之作与叶芝这首诗诸译本的比较研究，已然清晰可见。

1990 年，身在上海的诗人陈东东写下了《动物园的黄昏》。在其新近出版的短诗集《海神的一夜》里，这首诗被收入第二辑中（七十二首：1990-1999），算作其九十年代创作最初的几首诗之一。事实上，以阶段性的目光来打量每首诗的位置感，并以此确定其意义、价值，对于陈东东来说，或许并不像很多其他诗人那样有效。陈氏的诗学，自八十年代以来一以贯之的东西很多，尽管几十年的写作历程中不可避免地会出现变化调整，但是在整体性的诗学策略、语言意识上，陈氏变化不大。在这个意义上讲，无论作为诗学概念还是史学概念的八十年代诗歌与九十年诗歌的分野，在陈氏这里很大程度上并未发生，诚如颜炼军近日在一篇为《海神的一夜》所写评论中所说："陈东东属于少数写作观念前后变化不大的诗人，且这是一种自觉的立场。"在这篇评论稍后的地方，颜炼军谈到了陈东东的语言意识："他痴迷于'语言夜景'……'夜景'对应'白昼'，'白昼'的语言，是各种话语／意义的天下，'白昼'生产的意义光芒，在'语言夜景'里产生剧变……在诗人这里，语言的'夜景'或'梦境'，不但是对'白昼'意义／话语的拒斥、瓦解，也是对语言的内在构成的重铸。"陈氏专注语言本体几十年，且一直以八十年代纯诗的策略示人，这已是广被接受的认知。"夜景"对"白昼"、语言对话语的逃逸和反对，会让我们想起福柯所说的现代文学语言是一种反话语的论断。总之，在陈氏这里，"夜景"构成了语言存在价值的居所，它是某种语言乌托邦式的所在。可以说，陈东东是位很大程度上符合文学现代性原教旨的诗人。《动物园的黄昏》里，语言发生在黄昏时分，在"语言夜景"的意义上讲，"黄昏"无疑是夜的开始，它是语言从话语中挣脱，朝向本体完成一次短暂回归的初始时刻。有趣的是，这首诗的结尾出现了"天鹅"：

> 末日之星由谁高举
> 你看见她，隐身于群禽的
> 灵魂一点，趋近无辜
> 灿烂的肉体——
> 那象征的白金戒指已脱落
> 云影的女儿，又领受天鹅

正如"象征"一词所提示的，与欧阳江河语言的暴力不同，陈东东的诗歌语言呈现出与象征主义者们相似的忧郁。"忧郁"这黑色胆汁和浪荡子的同源词，根据西方传统的体液病理学说，是干燥和冰冷的，而在西方文学谱系里，忧郁这一品质的发现，正是来自波德莱尔的直觉。而忧郁本身冰冷干燥的品质，也正适合"黄昏"这一暧昧含混的时刻。波德莱尔早年一首给圣伯夫的诗里就曾写过黄昏，与陈东东这首诗一样，其中也出现了"她的肉体"：

> 然后，不良黄昏、狂热黑夜降临，
> 让姑娘们爱恋上她们的肉体，
> 让她们在镜子里——不育的满足——
> 静观她们成年的成熟的果实

这一语言事件发生的时刻，正是黄昏与黑夜，这与陈东东迷恋"夜景"的语言意识之间存在着波德莱尔式的"感应"。当然，这并不是说陈氏一定读到了波德莱尔这首诗，但二者之间"感应"的存在则是清晰的，这正是对二者语言默契绝好的证明，诚如钟鸣所说："诗的瞬息神，超过任何思维张牙舞爪的神祇，否则，波德莱尔便不必叙'感应'了。"[1] "黄昏"，是语言挣脱话语束缚之始，"末日之星"也构成了对此的提示。这一词汇会让我们想起波德莱尔所说的"末世感"，在他看来，"末世感"是对现代社会塑造出的进步神话的对抗，它与忧郁息息相通，渲染着浪荡子的美学，在语言本体论上，构成了对以"进步"为中心的现代话语的不信任，其中暗含着福柯式"反话语"的内涵。在这个意义上讲，陈氏的"末日之星"与波德莱尔之间第二次发生了"感应"。那么最后，就来到了"领受天鹅"这里，而这为我们带来了第三次"感应"。在这次由"黄昏"所诱发的语言事件里，结尾处对"天鹅"的领受，无疑是全诗的完满之时，是语言挣脱话语，抵达语言存在价值的时刻，而"天鹅"正是对语言存在价值的母题性象征。如同波德莱尔诗中的姑娘们在镜中看见自己成熟的肉体，"云影的女儿"在黄昏中"领受天鹅"，也是语言抵近成熟的标志。事实上，在西方文学谱系里，"天鹅"并非为叶芝所独享，另一位"天鹅"的化身正是波德莱尔，以与叶芝相迥异的方式。波德莱尔曾写过一首献给维克多·雨果的伟大诗作，名曰《天鹅》，其中有如下诗行：

> 我看见了一只天鹅逃出樊笼，

[1] 钟鸣：《变化的经验：读陈东东〈海神的一夜〉》，载《扬子江评论》，2019年第1期，第54页。

283 ·

有蹼的足摩擦着干燥的街石，

不平的地上拖着雪白的羽绒，

把嘴伸向一条没有水的小溪，

它在尘埃中焦急地梳理翅膀，

心中怀念着故乡那美丽的湖：

"水啊，你何时流？雷啊，你何时响？"

可怜啊，奇特不幸的荒诞之物，

几次像奥维德笔下的人一般，

伸长抽搐的颈，抬起渴望的头，

望着那片嘲弄的、残酷的蓝天

仿佛向上帝吐出了它的诅咒。

译者郭宏安详细解释过这只"天鹅"的意义："'天鹅'象征着人，'樊笼'象征着人所受到的困扰和束缚，'雪白羽绒'象征着人在天堂中的纯洁无邪。然而摆脱了桎梏的人并未回到天堂，只是走出了小樊笼，进入了大樊笼……他只能在心中怀念失去的乐园——故乡那美丽的湖……终于，天鹅怀着渴望复归天堂的心情向上帝发出了谴责，'吐出了它的诅咒'……这个人，无论身在何处，受到何种磨难，终生都将在向往希冀中度过，他的向往是天堂，他的希冀是获救。"[1] 这只"天鹅"，象征了现代人的伦理处境，同时也象征了文学现代性的语言本体观念。这段话实际上与福柯对词与物分离之后，词语渴望挣脱话语、返回本体之境，但又无法抵达、只能永恒流亡的状态如出一辙。伦理的忧郁，"感应"了语言本体的忧郁："笼子里的天鹅是忧郁极好的象征。"[2] 至此，我们便可明了，陈东东在诗末尾对"天鹅"的领受，在语言本体论上与波德莱尔的"天鹅"之间发生了第三次"感应"。脱离话语的语言，脱离"白昼"的"夜景"，正如挣脱樊笼的天鹅，散发着来自语言本体的忧郁，真正的挣脱是不可挣脱，真正的抵达是不可抵达，真正的言

[1] 郭宏安：《论〈恶之花〉》，上海译文出版社，2014年5月，第9页。

[2] 让·斯塔洛宾斯基:《镜中的忧郁》，郭宏安译，华东师范大学出版社，2012年9月，第129页。

说是不可言说： 这便是陈东东所领受的忧郁天鹅。正因如此，在同一年稍早些的《病中》里，陈东东同样忧郁地写道：

> 病中一座花园，香樟高于古柏
> 忧郁的护士仿佛天鹅

在 1980 年代诗歌的整体诗学策略中， 语言存在价值对语言表象价值的凌驾，构成了一种典型的语言本体观念模式。这根源于刚刚从集体主义时代与语言工具论状态下脱离出来的一种普遍社会精神结构与文学心理。洪子诚在《如何对诗说话》中，对此有过深切的回忆和谈论： "的确，从 80 年代中期开始，在姑且称为'中国现代诗'的这一'诗界'，存在着追求'纯诗'的强大潮流。1986 年由《诗刊》社主持的在兰州召开的诗歌理论讨论会上，'语言意识'与'生命意识'是两个最激动人心的词语。记得金丝燕女士在她的精彩发言中，论述没有任何沾染的纯真状态是诗歌写作的理想状态；而社会生活经验在上面不断留下'污迹'，也就是'诗性'的逐步丧失的过程。"从此种精神结构来看，无论是欧阳江河的语言暴力，还是陈东东的语言忧郁，相同的是，他们都选择了"天鹅"作为语言存在价值的象征。不得不说， "天鹅"自身的洁白、纯粹，以天堂为"故乡"的精神形象，甚为契合 1980 年代诗歌中的语言本体观念。正因如此，"天鹅"被诗人们在 1980 年代纷纷选中，赋予其语言存在价值的地位，便很好理解了。"天鹅"作为 1980 年代诗歌的"鸟类传记"，成为当代诗中间一个重要的艺术母题。

285 ·

三、"玉渊潭公园的野鸭"

到了 1990 年代以后，或者说在更为符合"九十年代诗歌"内在精神气质的诗人那里，"天鹅"的地位则发生了变化，陷入了危机之中：

> 我能清晰地
> 记得一群天鹅那优美的姿态，
> 但这并不能帮助我。

——臧棣《伪证》（1995）

我们头脑中的一阵晕眩

引发了空难。令人惊奇的是

我们在私人领地饲养的天鹅

羽毛变黑、嗜血，几乎患上了不育症

——西渡《雪》（1998）

　　在臧棣这里，"天鹅"尽管十分优美，但却不能施以帮助，正如他对"天使"母题的书写一样，对"天鹅"的书写仍是对 1980 年代诗歌符号学的"优美"延续，只是进行了否定性的价值判断；而在西渡这里，"天鹅"则不再优美，变得十分可怕，成为患病的天鹅，很难再为新的诗歌策略供血。实际上，二者对"天鹅"的书写，都指向了同一种态度：不再信任 1980 年代的语言本体观念，这也就意味着纯诗的"天鹅"在他们这里不再是有效的诗歌母题，如果他们不想以争吵的方式进行写作的话。而且重要的是，二者皆是具有语言本体观念的诗人，比如西渡早在写于 1991 年的《词语的谦卑》中就曾说过，"我只信任一种存在，就是语言的存在"。那么有趣的问题便是，对于信任语言，却不信任"天鹅"的诗人来说，其语言本体观念究竟有何内在特点呢？它在西渡的写作中，又是否以新的母题而呈现出来呢？很清楚，这一问题并非单纯指向西渡个人，而是指向当代新诗经历过 1980 年代之后，某种结构性的变化。而在仔细研究过西渡的写作之后，非常珍贵的是，在西渡的写作中，确实出现了一个新的鸟类母题，西渡对它的书写与"天鹅"之间形成了截然的对照，可以说，这为 1990 年代以来新诗的语言本体论提供了一个极具代表性的、异常重要的"鸟类传记"——"玉渊潭公园的野鸭"。

　　西渡以"玉渊潭公园的野鸭"命名的诗，一共有两首，分别作于 2001 年 8 月和 2002 年 8 月，皆收在 2010 年出版的诗集《鸟语林》中，而且这两首诗正是这本诗集的开卷之作。除此之外，这本诗集里写到"玉渊潭公园的野鸭"这一母题的其他诗仍有很多，比如《在玉渊潭公园》《玉渊潭踏雪》等。可以说，以"野鸭"所引领的"鸟类"，在这本诗集中扮演着核心的角色，以"鸟语林"来命名，也足见诗人的写作期待与抱负。

　　正如西方古谚所说，"罗马不是一天建成的"，西渡的语言本体观念实际上也经历过重要的变化，这客观上呼应且参与到了当代新诗自八十年代到九十年代的整体变化之中。在写于1991年的那篇文章中，西渡明显契合于1980年代诗歌的语言本体观念，将存在与表象之间的对立表达得非常清晰："我们必须运用从阅读和写作实践中得来的经验以及其他间接得来的经验，调动我们的意识，慎重地考察我们写下的每一个词语，使之自始至终建立在语言的内部联系的基础上。由此建立起来的诗歌文本，提供了一个相对封闭的存在。它的每一行诗都包含它自身存在的秘密。它不是对宇宙的阐释，而是和另一个宇宙息息相通，互为印证。"对"另一个宇宙"的追求、对存在的封闭性的认识，显然更为接近"天鹅"的领地，语言的存在价值是对语言表象价值的超越和对抗。在西渡写于1992年4月的一篇短文里，"另一个宇宙"被置换成了"内心生活"，它与"外部生活"截然对立："一个人的内心生活的丰富、生动和复杂程度是他的外部生活所无法比拟的。但是这种多姿多彩的内心生活正日益受到我们的外部生活的侵蚀。"在具体的诗歌实践上，能与这一阶段诗学意识构成呼应的作品是收入西渡第一本诗集《雪景中的柏拉图》中的"卡斯蒂利亚"和"挽歌"系列，大而化之地讲，这本诗集整体上就呈现着这样的风格与意识。据西渡自己谈论，这组作品"代表了一种融入神圣事物的渴望，一种纯洁的愿望"。这样的诗学意识和语言意识发生调整，是在1995年之后，在西渡自己的判断里，这是他写作的第三个阶段之到来。西渡的"挽歌系列"作于1993年，之后写作暂停了两年，而昭示着崭新语言本体观念之到来的起始之作则是完成于1996年的《寄自拉萨的信》："在《挽歌》之后，我曾感到已没什么可写。如果不发生某种变化或者转向，写作就很难再继续下去。《寄自拉萨的信》的重要性就在于它使我意识到诗歌还能处理许多我从未想到的东西，它一下子给我的写作提供了许多新的可能，我感到自己突然被带到了一片从未开垦的开阔地之前。"

　　如果我们可以从西渡这两个阶段的诗学表述中分别提取出一个关键词，那么来自前者的是"封闭"，来自后者的则是"开阔"。这两个关键词所引领的语言本体观念，既内在于1990年代以来新诗整体语言策略的调整，也在母题上呼应了从"天鹅"到"野鸭"之间的第一个面向：由私人领地到公共空间。

玉渊潭公园,坐落于北京市海淀区,总面积 136.69 公顷,水域面积 61 公顷。辽金时代便已形成,1960 年正式定名,并对外开放,是北京市最著名的公园之一。这样的"人民公园"显然是典型的现代公共空间,在对自然与风景进行空间生产的时候,与私家园林有着本质性的不同。对于私家园林来说,园林的主人是风景的生产者,观看与居住重叠在同一个空间里,它生产着一种目光的私密性,风景即生活,对于园林外的世界来说,风景提供了隐逸与保护:"园林作为再创造和提炼过的自然,为隐居者提供了一个保护性的空间。主体对此空间持有主动权,在此空间内,主体戏剧性地展现自己的体验。"[1]这样的主体,生活与风景嵌套在一起,其目光在这嵌套成的环形结构中不断进行着内部循环。而现代公共空间的目光则具有外向性。风景是公共的,它不断向目光索要着从私人生活内部的溢出,这些从各自私人领域中溢出的目光,分别来自其主体,但在公共的空间中交汇、碰撞,于是风景形成了:它是目光的共同体,大于私人生活的狭小、循环领域,也远比后者要丰富、纷杂。如果将空间视作某种隐喻,由私人领域到公共空间的转换,则恰好构成了当代新诗的语言本体论从 1980 年代向 1990 年代以来的装置性转换。不同于上面所引西渡《雪》中,"私人领地的天鹅"所陷入的败血症危机,"玉渊潭公园的野鸭"则在语言本体论的丰富性中向诗人索要着溢出私人生活的目光:

说到生活
我们所拥有的领域
不大于这片狭小的水面
但更单调。

而且重要的是,在目光共同体所构筑的风景中,"野鸭"并不是强势的存在,既不像欧阳江河笔下暴力的天鹅,也不像陈东东笔下需要领受的忧郁天鹅,而是弱小之物,在公共空间中,它并不居于目光的中心,为最高限度的公共性所仰视和崇拜,恰恰相反,常常是被忽略的边缘性生物,是狭小水域中的遨游者:

[1] 杨晓山:《私人领域的变形——唐宋诗歌中的园林与玩好》,文韬译,江苏人民出版社,2008 年 8 月,第 72 页。

它们为什么留恋

这小片寒冷的水面？

它们小心移动的样子

仿佛随身携带着什么易碎的器皿

忍耐而胆怯，生僻如信仰

仿佛刚刚孵化出来，

等着我们去领养。

　　"这小片寒冷的水面"无疑是诗歌在当代社会文化中的位置，它边缘且遭冷落，鲜有人问津，野鸭就在这狭小水面上游弋着。然而尽管狭小、边缘，但它仍处于公共空间之中，而非私人领地的幽闭。这实际上暗含了诗人对诗歌本身的认知和期待：诗歌不是纯粹、自洽的存在，它需要与异质性的事物之间发生结构性的联动，并明确自身的位置感，由此来获得言说的契机和可能性。也就是说，语言的存在价值不是来自内部的循环与幽闭，而是来自结构性空间中的联动和对话，语言的存在价值不是忽视一切的自律性妄自尊大，而是某种伦理性探寻的结果。由此而来，从"天鹅"到"野鸭"，当代诗歌的语言本体观念调整，在"鸟类传记"这一母题上呈现出的第二个面向就是，从"领受天鹅"到"领养野鸭"，从极具神学崇拜意味的"领受"，到充满伦理温度的"领养"，其中暗含的语言观念之调整便非常清晰了：对于西渡所隶属的"九十年代诗歌"语言本体论观念来说，语言的存在价值不是披着神性光芒的"天鹅"，需要诗人在自上而下的超验式"领受"中去抵达，而是不起眼的"野鸭"，它朴实入世，并且直面自身的脆弱与危机，需要诗人在公共性、结构性的横向联动中去发现和"领养"。这就意味着，与1980年代诗歌中"天鹅"纯洁唯美、睥睨语言表象价值的高傲姿态不同，置身在公共空间里，语言的存在价值并不比"野鸭"更强大，毋宁说更弱小，它孵化于伦理的温度之中，需要细心的领养与呵护。它如此弱小，以至于我们有时会怀疑，它是否还会飞翔，是否已经丧失了语言存在价值应有的能力与意义。在语言本体观念的意义上讲，我们不禁会怀疑，当代新诗在八九十年代之交所经历的是否真是一次决绝的断裂？可喜的是，在西渡的诗里，我们消除了这样的疑虑。与高傲的"天鹅"一样，弱小的"野鸭"也会飞翔，诗歌并未因为降低身段就顺势放弃责任。正因如此，"野鸭"突然的展翅就更加惊人，1990 年代以来新诗的语言本体观念，在"鸟类的传记"中"扇动"着更具伦理性的母题力量：

> 看它们慢吞吞、笨拙的步伐
> 你会怀疑它们是否仍属于
> 飞行的族类，但如果
> 你想驱逐它们，它们就会
> 扇动翅膀，飞起来
> 飞过你的头顶，飞向
> 另一片天空：把惊呆的你
> 留在一片污浊的水塘边

（选自《诗刊》2020 年 4 月号）

微器三叠

——关于手与诗的札记

/ 张光昕

1. 姿势的诗学

1.1 麦克卢汉认为，工具是人器官的延伸。这种延伸每发生一次，人与世界都相应地做出一次改变。工具被人所创造，反过来也塑造它们的创造者。技术召唤新人，人人都无可逆转地参与其中。锄头、镰刀和箩筐赐予农民雄壮的臂膀和健硕的腰身，他们伸出粗糙厚实的手；齿轮、杠杆和按钮训练了工人的熟练的操作和敏锐的意识，他们伸出灵活纤巧的手；在信息时代，键盘、鼠标和触摸屏成为新的劳动对象，它们来到每一个现代人手上，仿佛动动手指，就能缔造一个无所不包的虚拟世界，担当无形的劳役。

1.2 键盘静如磐石，驯服了五根指头，但只是执行简单的敲击动作；鼠标四处乱窜，指挥着脊背上的食指和中指，开始气势汹汹地攻城略地。在微时代，手机成为新的世纪病，扁扁方方，光怪陆离，人人上瘾。大街上，地铁里，枕头边，手机屏幕滑移闪烁，几何式增长的消息涌向我们眼前。人们不再交头接耳了，而是被另一种身体动作所捕捉：低垂着头，眼睛牢牢粘在手机屏幕上，拇指焕发出交通警察般的骄傲感，笃定地指引着人们疲惫而焦渴的目光。

1.3 在视觉艺术中，俯身低头的形象常常被理解成忧郁者的惯常姿态，这也暗示了精神的不在场。斯塔洛宾斯基就此展开遐思："他们俯身向着什么，这些人物？有时是向着虚无，或向着无限的远方。有时是向着一些符号，那里有精神遇到了另一些精神的痕迹：对开本书或难以理解的书，几何图形，天文表，无解的方程，或者，忧愁占上风的时候，则是废墟，漏壶，头盖骨，倒塌的建筑物——古老的死人预言未来的死亡。在忧郁者的眼中，在巴洛克大师的画中，展现出象征转瞬即逝的东西：拉断的项链，燃尽的蜡烛，脆弱的蝴蝶，无声的乐器，被终止线结束的旋律。观者的思想通过死亡的回忆与忏悔被引向永恒。忧郁者的眼睛盯着非实体和易消亡的东西：这是他自己的反射的形象。"在古典绘画中，低头者的神游被托腮的手锁定；在今天的大街小巷，这种精神缺席却被游动的手指所暴露。手指仿佛践行着某种失传的巫术，在一块屏幕上毫无规律的点击和滑动，逗弄着方寸间的未知世界。

1.4 智能手机重新启动了人类的拇指，赋予它前所未有的权力和荣耀。除了在触摸屏上指挥交通外，拇指唤醒自身最原始的功能：赞。其余四指并拢，唯拇指坚挺地翘起，指向重重九天。谁点赞，谁就会留下俊美的痕迹，像提前将名字铭刻在一块乌有的石头上。威风凛凛的拇指，以及它还原出的点赞美德，塑造出人们在微时代的姿势，也成为新媒体环境里方便合法的诗学。在这片潮湿的环境里，我们从未像今天这样见到如此多的诗人，一个诗人也从未像今天这样接受如此多的赞美，古老的诗歌也从未像今天这样迎来如此令人侧目的繁荣。伟大诗人早已淹没在这片唱赞声浪中，与庸人分享同一款式的衣裳，接受媒体馈赠的寿限和检视。新媒体重新实践了"诗可以群"的古训，只要你愿意，谁的手机里没装着二十个以上的微信群呢？大家都在群里叽叽喳喳地讨论什么？在丧失伟大诗人的年头里，靠着众人垂首点赞的姿势，新媒体完全可以批量生产桂冠诗人了。一首诗将以同样扁平的格式被无限复制、转发并接受点赞。

2. 断片的需要

2.1 断片的书写形式在古希腊时代就已经存在，德国浪漫派运动为这种文体开创出一个灿烂的世代，其中以弗里德里希·施莱格尔和诺瓦利斯为翘楚。施莱格尔是《雅典娜神殿》的灵魂人物，有多种《断片集》传世。诺瓦利斯的断片集干脆就叫《花粉》，他呼吁："写书的艺术尚未发明出来，但是可望在这一点上有所发明：这种断片就是文学种子。其中难免有些空壳：但只要有几粒发芽！"断片写作就是德国浪漫派的发明，是一种空前绝后的标识性文体。在这种文体中，哲学、诗歌和美学的边界变得模糊，呈现出彼此交融不分的状态。在断片写作中，以上三者几乎可以相互替代了，哲学即诗歌，美学即哲学。

2.2 施莱格尔强调："浪漫诗是渐进的总汇诗。"断片写作影响了德语文化中大批思想型写作者，其中尤为耀眼的两人便是维特根斯坦和本雅明。在《哲学研究》的序言中，维特根斯坦颇为无奈但又心满意足地谈起他的文体："我看出我能够写出的最好的东西也不过始终是些哲学札记；当我违背它们的自然趋向而试图进一步强迫它们进入单一方面的时候，我的思想马上就变成了跛子。——而这当然同这本书的性质本身有关系。这种探索迫使我们穿行在一片广阔的思想领地之上，在各个方向上纵横交错地穿行。——这本书里的哲学札记就像是在这些漫长而错综的旅行途中所作的一系列风景速写。"这种哲学札记，本质上就是断片，《哲学研究》的作者描述了这种文体的游牧性质，断片中的每一个字都并未承认书写的惯习运动，不愿安栖在秩序的摇篮中，而是朝向任意方向的防守反击，颇似信手拈来的风景速写，寥寥几笔，意境全出。

2.3 断片写作具备了德勒兹所谓的"块茎"的特征，没有根系，只尊重横向的自由联结和兼并。本雅明的博士论文就是研究德国浪漫派的艺术批评概念，自然少不了对断片写作的考察，当施莱格尔说："哲学必须像叙事诗一样，从中间开始；根本不可能先表述它，然后一段段补充，似乎开头本身已经完全成立、解释清楚了一样。它是一个整体，认识它的道路不是一条直线，而是一个圆圈。"本雅明给出自己的解释："哲学从中间开始的意思是：它不把它的任何对象等同于原始反思，而是视它们为媒介中的中间物。"诺瓦利斯也说："哲学是一种神秘的……有渗透力的、不可阻挡地驱使我们向种种方向前进的思想。"总之，断片这种文体从来不是开端，也犯不着为结尾发愁，它就是无限的中间物，是任何时候朝向四面八方的可能，同时也是多种元素渐进式的汇总。从中间出发，难道不是微博乃至大多数新媒体的特征吗？从电脑或手机打开微博（或微信朋友圈），首先映入眼帘的，总是最新发布的一则消息。但它既不是一则文本开头的第一句，也不是终了的一句，它只是中间的某一句，其前有若干可能，其后亦有若干可能。微博成全了鲍曼所谓的"液体现代性"（或"流动现代性"）的概念，文字带有了水的流动性，自上而下，汩汩流入时间深潭。

2.4 诗歌，随时有解体为断片的可能，相较于小说和散文，诗歌已经走在朝向断片的路上。诗歌的基本单位是句子，甚至是词，微博的环境刚好匹配出同样的环境。读者们渐渐已形成共识：一首诗歌越短，越凸显出句子和词语，也就越开掘出自身的哲学寓意。微博或多或少实现了施莱格尔的幻觉，当它开始发布诗歌的时候，它就已经从中间开始了。从中间开始，也就意味着任何诗歌都坦露出成为元诗的可能。元诗是关于诗本身的诗；断片，似乎也可以解释成关于任何写作自身的写作。一旦写作开始，断片就随时随处成为可能，并直取核心。拇指不再是起点，而是中途的驿站。中间成为一个临时的本源，而不是原初的起点；中间也意味着要被反复经过，要成为多重视角的交叉点，要经受不同立场的意见的诘难。如果微博（微信）体成为断片的延伸，那他的作者将扮演一位流浪的速写者，而不是一个定居的制图员。微博（微信）的卫星定位功能揭示了这种可能性，成为拇指在场而精神不在场的标记。在新媒体中，诗歌需要重新面对它的境遇性。从来就没有一个家，没有一个自然栖居地：只有无休无止的一系列又一系列的速写，这些速写是从永无止境的、错综交错的旅程中的各种视角绘制的，来来回回、反反复复穿越同一地域，寻找一个能让他停止的宁静点，去发现"拯救之辞"。

3. 世界的回叠

3.1 柏拉图的《普罗塔戈拉斯篇》中讲述了人类起源的神话：普罗米修

斯造人以后，由爱比米修斯负责将一种特性平均分配给万物，以至于万物得以生存。爱比米修斯此时犯下一个严重的过失，当他将性能的宝库在无理性的动物身上浪费殆尽以后，还剩下人类一无所有，导致人类一开始就没有一种赖以生存的本质。普罗米修斯为了弥补弟弟的过失，从工匠之神赫菲斯拖斯那里盗取了技艺，即传授给人类生火的秘诀，以使人类能够借此得以保持种族的生存。人类从诞生开始便有求于外物，他们的本质不能从自身中寻找得到，只能从外界万物中获取，而叔本华说，有求于外是人生痛苦的根源。

3.2 世间的所有动物都分得一部分独有的生存技能，唯独人类两手空空。人类本质的缺失成为他们的区别于一般动物的标志，他们从四肢着地的动物群体中脱颖而出、直立行走，毋宁说，人类一开始诞生之际，双手上握着的就是虚空。手，以其本真的形象朝向世界和自身，回归到无功利的属性中去。手一旦迫于生存压力向外界求取，便产生了技术。手急需握住工具，工具皆源于自然。手也急需握住另一只手，两手相牵，诞生友谊和爱情，也让手中的工具分享出友爱感。工具成为手上长出的新器官，成为手上的新手。不论是锄头、镰刀，还是杠杆、按钮，传统工具与人手之间的亲密性已经达成。新的传播工具——手机——继承了人与技术之间的亲密性，成为手上的电子手；同时它也将传统工具朝向的外部世界反过来向内折叠进工具内部，让手机屏幕装下了一个虚拟的总体世界。屏幕需要点触和滑动，才能代替"芝麻开门"的咒语。手习得了打开的世界的新经验。

3.3 在《艺术作品的本源》中，海德格尔提及大地与世界相争执：前者趋于隐藏和锁闭，后者趋于显现和涌逼。直立行走的人类的双手不再抓住大地，而是松开它，让它遁去，然而却抓住了整个世界。借由工具，新的世界向人类致意，并如潮水般扑面而来。文学正值这个信息爆炸的年代，在工具上显形和固定，来表达这个新世界。手机握在人类手中，犹如握住全世界。人们用低垂的头、重启的拇指观看和介入世界，精神却随着隐遁的大地汇入不在场的河流。大地与世界的争执，在新媒体时代，体现为人手的分裂，它在媒材的有限性与幻觉的无限性中分裂了。

3.4 瓦莱里曾说："就像我们几乎不动声色地拉一下阀门或者开关，就能把水、煤气和电从遥远的地方输入到我们的住宅而为我们服务那样，我们也将配置一些视觉形象或音响的设备，为此，我们只需做一个简单的动作，差不多是个手势就能使这些形象或效果出现和消失。"传统艺术中，手被雕塑技艺塑造，所触及的皆为实在的平滑与摩擦，棱角与沟壑，是物的可靠性和实在性。新媒体时代，手在物质层面迎来经验的贫乏，它只触及单调的平面，但在信息意义上，一个简单的手势，就能够在一个特定的平面上执行多元的操作。手势开启了一首诗的前世今生和左邻右里，诗歌可以自如地与音乐和图像融为一体，同样能够接受瘟疫般的传播和评论，甚至最终的消融。依靠技术的回叠，新媒体不拥戴深度，促生出平面的思想，它将一切意味深长或天长地久东西转化成即时和瞬间的认知，诗歌的使用价值在此容易得到复兴，但人们对诗歌的真理的觉悟依旧是缓慢的，甚至是停滞不前的。

（选自张光昕：《补饮之书》，漓江出版社 2018 年 10 月版）

新冠元年的诗与真

——2020 年春季诗歌观察

/ 钱文亮

2020 年，农历庚子春，一场邪祟、诡异而又所向披靡的全球性大流行病，开始改变世界，改变历史，将人类的存在置放于变幻莫测的境遇。就在最近的文章中，《世界是平的》一书的作者托马斯·弗里德曼已经提出："当今世界将面临新的纪年方法——新元前（新冠肺炎元年之前）和新元后。"弗里德曼的观点并非无稽之谈。自新冠肺炎爆发以来，除了世界范围的经济上的衰退、政治上的冷战以及国与国之间的隔阂、猜忌，谎言与真相，善良与邪恶，美与丑，也以罕见的规模和公开在世界各地频繁厮杀，从而将歌德当年所提出的"诗与真"问题赋予了新的内涵。而中国大陆的诗人幸而不幸地率先遭遇了这一点。

2020 年的春天，是一个大放悲声的季节，无数的人们因为悲痛、因为恐惧、因为愤怒、因为无助的绝望，也因为希望、因为从天而降的爱与力量、因为绝处逢生……而痛哭。在这一季度的诗歌中，墨水蘸满了"雨水"与"泪水"：

> 天还在下雨
> 难过的不是积满雨水的路
> 难过的不是有人的心
> 也积满了雨水
> 难过的是人间有这样一颗苦胆
> 它的胆汁在肆意流淌

……
难过的是医院门外举着的吊瓶
在阴冷寒风中
跟着输液者的身子轻轻晃动
难过的是悬壶济世的人透支身体
他们的哭泣
被悲伤憋回
……
难过电视屏幕上
一遍遍播放着的、悲壮的画面
难过我只能蜗居乡下
看这淅沥的雨水
一遍遍淋湿我心中的
哀痛和悲伤
——剑男《难过》

一夜大雨，油菜花倒了一地，
它们茎秆太细，承受不住满头雨水。
旁边是一棵李树，树杈去年夏天断了，
它承受不住的是自身的果实。
花和树，草本和木本，并不构成教诲。
我去菜园折葱，几只蚯蚓爬上水泥地，
雨后，地下的窒息它们承受不住，
钻出来，地上的干燥它们也承受不住。
怎么生，变成了如何死，
这是真正的、我们承受不住的教诲。
——谈骁《怎么生，变成了如何死》

实际上，自 2019 年 12 月 30 日武汉市卫健委下发关于报送、救治"不明原因肺炎"的两份《紧急通知》开始，至 2020 年 4 月 8 日国内新冠肺炎疫情的"震中"武汉市在封城 76 天之后解封，本季度已经成为中国当代诗歌历史上最为特殊的一个时期。在这场无从捉摸而凶险的传染病面前，每一个人的生活方式、心理情绪乃至价值信仰和思维方式，不得不经受巨大的震荡和改变。然而值得欣慰的是，通过众多诗人在这场疫情中的行为表现与诗歌写作，笔者认识到，当代诗歌在数十年的努力之后所建设起来的独立、担当、自省与超越的诗学伦理，即使是在疫情乌云压城的至暗时刻，也仍然以其微弱之光，召唤并凝聚了抗争与救赎的人性力量。而在此次劫难中首当其冲的湖北武汉，诗人们也主动承担起见证与记录的历史职责，在与疫情面对面的遭遇中，秉承"文章合为时而著，歌诗合为事而作"的古训，忠实地书写着身体、心理、良知与语言等所经受的不同体验和反应，他们的诗作也必然会成为当代"诗史"中重要的部分。正如著名诗人张执浩所言："和 900 万困守在这座城市里的武汉市民一样，从封城的那一刻起，我们经历了此生中最不真实但又无比真实的 76 天。从最初慌乱、恐惧、绝望，到后来的镇定与从容，我相信每一个置身其中的人都经受了一场惨烈而庄重的生命洗礼。"而这场"洗礼"带给诗人最重要的启示应该就是：活在真实中！

身处国内疫情"震中"的武汉诗人，最早记录了史无前例的封城之举带给人们的真实心理反应。封城的第二天，即 1 月 24 日，余笑忠即以《孤岛记》为题，速记般地写出了封城这一特殊事件带给自己的特殊感觉，并在行文后段敏锐触及了隔离外部世界及其活动之后个体的自我（精神）救赎问题。此后，余笑忠又写作了包括一组《写在新冠病毒肆虐时（2020 年 3 月杂诗八首）》在内的近 20 首诗歌，其中写于 2 月 2 日的《在空空荡荡的大街上》一诗，将空荡街道上的环卫工比作武侠小说中后发制人的扫地僧（迟到者），通过这种联想组成的隐喻，暗示着国人必将战胜病毒的信心。

似乎是意识到封城时间／事件在历史上可能具有的特殊重要性，这一时期的武汉诗人们不约而同地在诗歌结尾都标注了写作时间。张执浩自 1 月 30 日以日记体的形式写出《封城记》开始，充分发挥其所特有的平实、简洁的艺术风格，在如实而扼要记述自己在封城期间日常所见所闻的基础上，经常画龙点睛般地引出个人的所感所思，先后写出了《这不是诗》《今日立春》《泪痕与勒痕》等二十多首取材于疫情的诗作。其中的《这不是诗》在对疫情期间一次目睹程式化殡葬过程的记述中，思考生命的尊严以及生死与诗歌的关系问题；《今日立春》的结尾则移情于客厅里"东一只西一只"的拖鞋，貌似叹其"走投无路的样子"，实乃状写被迫宅家的疫区人的"心灰意冷"的日常真实，具有平中见奇的朴素诗意，颇显诗人举重若轻的艺术功力。总体而言，这二十多首"疫情诗"前期侧重对疫情期间市民生活情态的写实记述，其中写封城之初人们热锅中蚂蚁般的恐慌心境尤为令人震动，后期则对疫情带给个体生命的创伤、死亡以及诗人由此生发出的悲悯和感悟进行表达，其中《嘴巴里的苦》《永逝》和《无题》等诗文质并茂，具有平静之后痛定思痛的尖锐与真挚。

与张执浩同样坚持日记式写作的还有评论家魏天无，其疫情期间的十多首诗歌更多地取材于当时当地成为舆论焦点的重要事件，例如其中的《致艾芬医生》《扁担山》《物流配送员》等，作为一个知识分子现实的伦理关怀跃然纸上，而《割阜》《三月二十六日，雷暴雨》《2020年4月4日，清明》等则由眼前景思虑同城人，以拟人、隐喻等修辞想象生命境遇的普遍性，颇有可观之处。女诗人夜鱼的《大雾弥漫》等诗则多写因疫情而激发的死亡主题，她的《除夕夜的青烟》写道："这个除夕啊，我从来没想过死会带来死，／而死也能拯救死／为此，我一次又一次，深深弯下腰去"，有效表达了备受疫情煎熬的诗人所独有的感受和思考，自有其无可替代的真实的力量。

相对于大多数诗人普遍从日常生活、寻常事物和感性细节生发诗意的书写范式，刘洁岷的《口罩之城》《灭绝与高歌》《能量守恒定律》和《没有称呼的人》等诗作，则以峻急的语气、排比的句式直抒胸臆，大有全景式把握这一段特殊历史并审视人性的雄心，从封城后的亲身抢购到网络上的种种信息传闻，从封城前的万人宴到封城后的金银潭、火神山、雷神山，到自己的记忆与追问，依稀有杜甫的《兵车行》与屈原《离骚》的影子，表现出少见的反思、批判力度和较大的诗歌表现容量。其中的一些比喻与细节，非亲历封城生活者难以呈现。而作为武汉市新冠肺炎疫情防控指挥部的一员，一只与疫情赛跑的"极限测试中的陀螺"，诗人李强在直接参与疫情防控一线工作、建设方舱医院的百忙间隙，以《看不见的战线》为题写出的组诗，及时记录了火线上院士专家、医生护士和官员、工人等特殊的状态和心态，自有独到的见证价值，其中也不乏对"不时挤到了道路的中间"的小丑的讽刺与批判。

值得注意的是，本季度武汉诗人书写的"疫情诗"中，诞生了一个独特的意象，即"干咳"。余笑忠和魏天无均曾将"惊雷"比作"干咳"，真实传达了身处疫区的人们对宛如死神影子的新冠肺炎的恐惧和焦虑："那么雷鸣就只是一阵干咳／闪电就是撕去面罩之后的狂笑"(余笑忠《惊雷之夜》,"一声炸雷。一声巨大的干咳一声／血丝吐尽之后的哀嚎"(魏天无《三月二十六日，雷暴雨》)。这也许是庚子年春季疫难留给人类最深的创伤记忆。除此之外，黄沙子包括 18 首作品的《活着或者死去》，虽然很少正面记述疫情见闻，但却在"大人"／"孩子"的双重视野中，反复叩问"生与死"的荒诞和循环，点睛的"墓地""骨灰"和"地狱"等意象，在其独到的思考中往往带出犀利深刻的见识。与此同时，几位武汉诗人皆曾以"祈祷"为题。为何如此？恐怕体验过疫情之初无助与绝望的人都会不难理解和想象。正如经历过亲人患病时一床难求的诗人黄斌在《什么都不爱》中所记述：

> 身在武汉　一天天经历着
> 一场突如其来的世纪大疫
> 我什么都不爱了
> 我目睹了一场前所未遇的
> 恐惧和苦难　愤怒和无奈
> 并深陷其中　家庭也危如累卵
> 我成了自我的囚徒
> 也是春天和文明的囚徒

不过，作为一个追求内心本真的诗人，黄斌的可贵并不止于现实情境的记录，而是以此次疫情为契机，重新反思了人类的智慧、文明等等的意义，从而写下了透视人性的《疫情时期的审美》：

> 我们的欲望从来不守规矩
> 并且欲求超越规律
> 在疫情期间　我才认识到
> 萝卜白菜才是美的真谛

米面粮油才是生活的基石

我有点担心以后会遗忘这些

所以要一个字一个字记下来

任何高出本然生活的欲望

都是人性的恶和贪婪

　　黄斌诗歌结尾处的觉悟呼应着老庄的观点，至今虽然不算新鲜，但放在此时却是振聋发聩，诗人关于人性善恶的重新思考，证诸人类历史与现实，愈显其朴素而强大的穿透力。

　　在疫情期间，还有在封城之前离开武汉，滞留于湖北各地的诗人，如沉河、剑男、谈骁和李建春等。因母亲重病而返回故乡潜江的沉河，除了忠实记述处于隔离状态的荆楚大地的萧索和自己的孤独、悲伤，返乡后又坚持写下《疫情笔记：细思极恐》组诗，该组诗有现实的讽喻，也有历史的反思，更有政治哲学和世相批判，还有关于生命、教育、自然与美的独特观察和顿悟。而一向以幕阜山乡的亲人和自然生命（耕牛、飞鸟、家禽、花草树木等）为灵感源泉的剑男，疫情期间写就的30多首诗歌中，数量最多的仍然是对于山乡风物、自然生命的观察、移情与体悟，亲切、和谐、丰富而充满生机的天地之气也带给他的诗歌以令人慰安的浑朴，令人在劫难之中读来"就像枯木逢春"（剑男《紫藤》），或者如谈骁所说："逝者已经坠入沉默，／生者还要忍住泪水，还要／通过身边的事物获得安慰"（谈骁《怎么生，变成了如何死》）。剑男的这种写法，与余笑忠的《留白（十七首）》有异曲同工之妙。《留白（十七首）》也是充满由个人经验中生发出的种种人生哲理，如《置顶》《天真》《也许》《剥豆子》和《莲子》等，在乡村寻常之人、之物的独特而丰富的细节中聆听宇宙或生命的奥秘。在某种程度上，二人的诗作皆近"即事而成理""理事圆融，空有不二"的向佛路径。

　　在美术学院浸淫多年且博览中外宗教经典的诗人李建春，疫情期间的诗歌更多独特的"造型感"和完整感。其以"光的界面"为题的八首诗，皆从乡居生活的经验出发，有具体的叙事与写实，且在每首诗的结尾皆以农历纪年标注日期和自己的故乡所在"李子冈"，但诗中强悍出场的主体自我却又以对历史情景、文化记忆、当代经验、个人感受的综合整理，意欲提炼奇妙的普遍性和超越性，在"诗"与"思"的交织中生成了作品劲朗的风骨。其悼念"吹哨人"李文亮医生的诗作《早春》结合所在土地上的众生、风物描写，思忖"难以言述的民族气质"，最后一句"今天的神圣即是如此：不撒谎"实为根植于历史语境的惊人推论。

农历庚子年起首袭击湖北的新冠肺炎疫情同样也威胁着全国，并且激发起湖北之外中国诗人的诗与思。今人常说，亚马孙热带雨林一只蝴蝶翅膀的扇动会引起美国得州的一场飓风。这个比喻用之于远离武汉的臧棣在疫情期间的写作竟然也特别的契合。既在意料之外又在意料之中的情况是，一向坚持高产高质的诗歌写作的臧棣几乎自疫情披露开始，便已连续写出了直接取材于新冠肺炎相关症状、传说、真相与防控现象等种种内容的"简史"系列诗作，例如《蝙蝠简史》《咽拭子简史》《白肺简史》《37.3℃简史》等，至今仍然不辍，几乎写出了一部关于新冠元年疫情的诗歌"百科全书"，而大量的医学名词和生理知识的入诗，则显示出令人叹为观止的现代诗歌的容纳与消化能力；而更值得称道的是，即使在这些容易被人们简化为"介入现实"、良知担当的"时事诗"中，臧棣仍然保持了语言的好奇心以及由此产生的"神秘性力量"，并以钱钟书式的博学、知识分子的伦理感受和出神入化的比喻、拟人等修辞，揭示着现代世界的神奇与复杂性。其诗歌所特有的曲折奇妙的句法、仿佛随地而出源源不断的意象以及雄辩的语调等，在"疫情诗"也仍然发挥着强大的艺术创造功能，提示着读者事物表象下面往往存在错综复杂的关系，对于它们的"好奇"与"诘问"才是最高的诗歌伦理和诗歌教诲，才能最终靠近生命、存在和世界的本真。

除了臧棣，湖北之外的诗人西川、宋琳、孙文波、蓝蓝、桑克、杨小滨、孙磊、沈苇、灯灯、龚学敏、冯娜、伤水等也都写出了诗艺不减的"疫情诗"。而诗人王家新则在《武汉女孩珊珊》等诗作中，以其策兰式的正义感关注着时代之灰压迫下脆弱的个体，通过对诗歌力量与意义的怀疑表达了对于身处劫难中的生命的真挚而沉重的关心："我觉得我们也没有必要写诗了。/ 词语重如山，我们拖不动。"另外，黄礼孩的《瘟疫时期》、雷平阳的《七日诗》分别以各自独特的视角表现了对此次疫情的不同见证与思考，具有特殊的价值与意义。而身在美国疫区的中国诗人从容，则以亲历者的经验与反思，以一组《我们就这样变成了外科医生——洛杉矶日记》，带来了国内朋友异样的见证和感知，特别是通过因戴口罩问题在美国发生的对亚裔的种族歧视，揭示了恒久不变的人性之"常"——"这个世界歧视和你不一样的人"（从容《第十三天》）。

行文至此，笔者需要指出的是，因为新冠肺炎疫情所发生的诗歌写作并非本季度中国诗人唯一的工作。对与疫情之外的生活、生命、现实与历史、地理与情理的书写，对人性的"变"与"常"的观察和思考，对语言与未知的好奇与探索，仍然是本季度诗歌的重要内容。本季度中，王小妮、孙文波、欧阳江河、海男、童蔚等一些年长的诗人仍有新作发表，梁晓明、非亚、杨键、陈先发、雷平阳、侯马等一些中坚诗人也持续发力，而一些比较年轻的诗人如单永珍、秦匹夫、苏奇飞、唐伯猫、铁柔等则有优异表现。

最近几年，孙文波的写作呈井喷之势，追求"一种具有呈现意味，能够与外部世界对话，带有实体意味的存在样本"，而诗歌的境界也愈益开阔。本季度，孙文波在《江南诗》上发表的十四首《洞背纪事》，素朴、自如的诗风犹存，处理自然、历史、现实经验与自我、语言的个人化方法仍有，但思想的深邃感和表达的轻逸感却明显增强。其中的《奢侈诗》《示儿》《乡村巴士纪事》等既传达了诗人自我发现的真实声音，又比以前的诗作多了一份俏皮，显示出举重若轻的艺术功力。童蔚的《鹿城书店》令人油然想起昌耀的名作《鹿的角枝》，但比后者增多了联想的维度与生命的内容，而其《头颅灯》《我想把纽扣缝在指甲上》等诗作充满出自直觉的奇特想象和思想，质感十足的语言仿佛就是存在的现身。

多年坚持编办民刊《自行车》的诗人非亚本季度以"电灯与我"为题发表的十五首诗风格硬朗、思悟别致，看似随意的口语和日常叙事却不时触碰世界的神秘与未知——"没有任何窗口，能透出明天的任何 / 信息"（非亚《一件将要……发生的事情》），其中的《电灯与我》《走》《早晨的孤独》则把人的孤独写得形神兼备。而执着于"汉风之美"的杨键则以组诗《有一天》继续"寻回汉声"的追求，并在《你会吗》《奇树图》《短句》等诗中以简短的句式和留白的章法实践着自己对"空性"的崇尚。侯马《成吉思汗的燕子》等诗也有类似"微言大义"的效果。

在比较年轻的诗人中，秦匹夫的组诗《泥沙集》注重日常经验的叙事，通过语言内含的意味呈现和暗示生命的存在真相，其中的《过客》《回来了》等诗皆能写出人性的朴素、微妙与趣味。苏奇飞的组诗《干谒之诗》实际是以杜甫为镜像，借由杜甫诗集的阅读体验和想象，表达了一个诗歌传统的后来者对于诗与不朽、诗与现实、诗与命运的独特领悟与理解，包含着值得赞赏的自我期待。其《除夕夜读杜甫长诗〈壮游〉》《北江船上，读杜甫〈秋兴八首〉》《春日，读杜甫〈丽人行〉》等都有对于杜甫诗意心领神会的崭新诗句，表现出欲追古人的青春豪气。笔者本季度所读到的诗人中，唐伯猫是年纪最小的。但其处理经验、存在与语言关系的能力却给人百炼钢化为绕指柔的惊艳之感，尤其是《看山》一诗，平静叙述惊心动魄之想，张弛有度，收放自如，端的大气：

> 我钟爱于悬崖的割裂感
> 流水直下，万物参差不齐
> 伐木队向春风挥动斧子
> 呐喊声贯穿山谷
> 我们早已习惯这样的杀生
> 像默认了各自归于尘土的宿命
>
> 头顶两朵乌云互相推搡
> 下在山里的雨还会下进城里
> 看山的人常在黄昏回家
> 他早已老无所依，在门前豢养了一群
> 可爱的石头

总体而言，虽然笔者本季度的诗歌阅读挂一漏万，但已经颇有琳琅满目之感。迄今为止，新冠肺炎疫情仍在世界上继续，诗人们的与之有关和无关的写作也在继续。在这个特殊的季度，有人提出了诗人何为，有人看重了诗歌的救赎，有人也以诗歌为安慰，许多的问题，并无唯一的答案。不过，恰巧就在这个特殊的时期，英国广播公司(BBC)播出了单集英文纪录片《杜甫：

中国最伟大的诗人》。是的，杜甫，正是当代诗人的启示之灯。

（本文的写作资料主要来自长江诗歌出版中心公众微信号、卓尔诗歌书店公众微信号、中国诗歌网、诗生活网等）

宋威 《我的梦之一》 木口木刻插图 40×70cm 2015 年

图书在版编目（ＣＩＰ）数据

　　诗收获.2020年.夏之卷/ 雷平阳，李少君主编
. -- 武汉：长江文艺出版社， 2020.11
　　ISBN 978-7-5702-1725-0

　　Ⅰ. ①诗… Ⅱ. ①雷…②李… Ⅲ. ①诗集－中国－
当代　Ⅳ. ①I227

　　中国版本图书馆 CIP 数据核字（2020）第 143123 号

策　　划：沉　河
责任编辑：谈　骁　　　　　　　　责任校对：毛　娟
装帧设计：马　滨　　　　　　　　责任印制：邱　莉　　王光兴

出版：　长江出版传媒　　长江文艺出版社
地址：武汉市雄楚大街 268 号　　　邮编：430070
发行：长江文艺出版社
http://www.cjlap.com
印刷：武汉市籍缘印刷厂

开本：720 毫米×1020 毫米　　1/16　　印张：19.5
版次：2020 年 11 月第 1 版　　　2020 年 11 月第 1 次印刷
行数：8316 行

定价：45.00 元